関係改善をあきらめて　距離をおいたら、
塩対応だった婚約者が
絡んでくるようになりました
雨野六月
illust: 雲屋ゆきお

憧れだった、友達との週末のお出掛け。
宝石のようなタルトをひとくち食べると、
甘酸っぱさと独特の爽やかな風味が口腔内に広がっていく。
「美味しいわ……！」

アーネスト
第二王子で、ビアトリスの婚約者。
学院では生徒会長を務め、
誰にでも優しく人気がある。
カイン
メリウェザー辺境伯に引き取られ、
学院に編入した。
座学だけでなく剣や馬術も
得意な天才肌。
ビアトリス
ウォルトン公爵家の令嬢。
「王太子に嫌われている婚約者」
として孤立していた悪役令嬢。

関係改善をあきらめて距離をおいたら、

塩対応だった婚約者が絡んでくるようになりました

雨野六月

illust:雲屋ゆきお

CONTENTS

kankeikaizen wo
akiramete kyori wo oitara
shiotaiou datta konyakusha ga
karandekuruyouni
narimashita

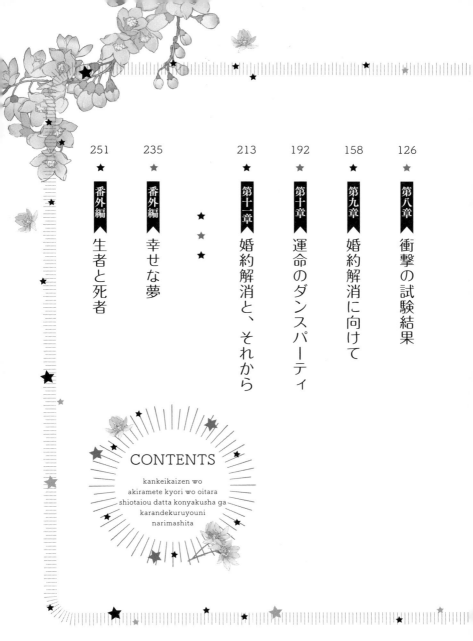

第一章　人気者の王太子と嫌われ者の公爵令嬢

「……それは本当にアーネストさまがおっしゃっていたことなんですか？」

ビアトリス・ウォルトン公爵令嬢は、振り返って問いかけた。

聞こえよがしに陰口を叩かれるのはいつものことだが、今しがた耳にした内容は、さすがに聞き流せるたぐいのものではなかった。

「え、ええ本当ですわよ。ビアトリスは実家の力で強引に俺の婚約者におさまったんだ、俺が望んだことじゃないって、殿下ははっきりそうおっしゃってましたわ！」

訊《き》かれた少女は動揺しつつも、勝気な口調で返答した。本来なら格上の公爵令嬢、それも王太子の婚約者と対峙している気おくれと、しょせんは学院の嫌われ者じゃないかという侮りがないまぜになった表情だ。

「そうですわ。私もはっきり聞きましたもの」

一緒に陰口を叩いていた他の少女たちも加勢する。

「ビアトリスにはいつも付きまとわれて迷惑してるっておっしゃってましたわ」

「俺はもっと溌溂《はつらつ》として可愛い娘が好きなんだともおっしゃってました」

「できるものなら婚約解消したいけど、あいつが俺に執着してるから無理だって——」

「分かりました。貴重な情報を教えてくださって感謝します」

ビアトリスは深々と頭を下げると、あっけにとられた少女たちを一瞥もせず、足早にその場をあとにした。

胸にこみ上げてくるのは彼女らへの怒りではなく、言いようのないやるせなさだ。

付きまとわれてる、は聞き飽きた。

迷惑してる、だけならまだ良かった。

今までだって似たようなことはさんざん言われてきたからだ。

しかし「強引に婚約者におさまった」だけは聞き捨てならない。

だって婚約を打診してきたのは、紛れもなくアーネストの方なのだ。


ビアトリスが第二王子アーネストと初めて会ったのは八歳のとき、王妃主催のお茶会の席でのことだった。金の巻き毛に青い瞳の少年に優しく笑いかけられて、ビアトリスは一目で恋に落ちた。招待された令嬢は他にもいたが、アーネストはビアトリスを一番優先してくれて、時間のほとんどをビアトリスとのおしゃべりに費やした。

二回目のお茶会では、アーネストはビアトリスに手を差し出して、薔薇園をエスコートしてくれたし、三回目は二人でお茶会を抜け出して、王宮庭園の奥にある秘密の場所へと連れて行ってくれた。

そして四回目のお茶会の翌日に、ビアトリスは父公爵から「王家からお前をアーネスト殿下の婚約者に迎えたいとの打診があった」と聞かされたのである。

「まだ正式な申し込みじゃないから、お前が嫌ならお断りしても構わないよ」と言う父に対して、ビアトリスは迷うことなく「私は殿下と結婚したいわ！」と即答した。なぜならビアトリスはアーネストが大好きだったから。そしてアーネストの方も自分が好きだと心から信じていたからだ。

ウォルトン公爵家は王家の申し出を承諾し、幼い二人は晴れて正式な婚約者同士となった。

「婚約者になったんだから、これからは殿下じゃなくてアーネストって呼んでほしいな」

「分かりました。じゃあ私のことはトリシァって呼んでください……アーネストさま」

「分かったよ、トリシァ」

そんな初々しいやり取りを交わしたことを、今も鮮明に記憶している。

それからほどなくして第一王子クリフォードが病死したため、アーネストは王太子となり、ビアトリスは将来の王妃になることが決定した。

王妃教育は大変厳しいものだったが、いずれアーネストの隣に並び立つためだと思えばやりがいもあった。また指導が終わるころにはいつもアーネストが会いに来てくれて、二人でお菓子を食べながら将来のことを語り合い、お互いに励まし合ったものである。思い返せば、本当に幸せな日々だった。

そんな二人の関係に暗い影が差し始めたのは、一体いつからだったろう。きっかけは特になかったと思う。いやあったのかもしれないが、少なくともビアトリスは気づかなかった。いつの間にやらアーネストはビアトリスに対してほとんど笑いかけなくなり、ビアトリスがあれこれ話題を振ってみても、「ああ」とか「うん」とか、面倒くさそうな返事をするようになった。

やがて二人は十二歳になって王立学院に入学したが、彼の態度はますますひどくなる一方で、人前でもビアトリスを疎んじる態度を隠そうともしない。

そのくせ他の生徒にはかつてのような人当たりの良い王子さまぶりを発揮するので、一般生徒たちからの人気は絶大なものとなり、それに呼応するように、「王太子に嫌われている婚約者」であるビアトリスは孤立していった。

あのお優しい王太子殿下に嫌われているくらいなのだから、ビアトリス・ウォルトン公爵令嬢とはよほど嫌な人物に違いない、というわけだ。

ビアトリスが関係修復のために懸命に努力したことも、彼女にとって悪い方に作用した。ことあるごとにアーネストと接触を試みるビアトリスと、その度にすげなくあしらうアーネストの構図は、一般生徒にとっては格好の見世物となり、いつしかビアトリスは公然と笑いものにしていい存在へと堕ちていった。

「まあ追いかけ回してみっともないこと」

「迷惑がられているのが分からないのかしら」

「アーネスト殿下がお気の毒ね」

聞こえよがしに嘲笑される日々はビアトリスの心をじりじりと疲弊させていく。

それでも「自分は望まれて婚約者になったのだ。今はこじれているけど、きっとまた元のように笑い合える関係に戻れるはずだ」という希望がビアトリスを支えてきたのだが、今しがたのやり取りで、それすら木っ端微塵に打ち砕かれた。

実家の力を使って、強引にアーネストの婚約者におさまった公爵令嬢ビアトリス・ウォルトン。アーネストがそう思っているのなら、彼にとってはそれが真実なのだろう。

彼の中には、かつて睦まじかった記憶すらすでに存在しないのだ。

（本当に……なんでこんなことになってしまったのかしら）

ビアトリスは裏庭にあるあずまやのベンチに座ってひとりごちた。もうすぐ授業が始まるというのに、教室に戻る気にはなれないままだ。

今までビアトリスは無遅刻無欠席で、常に成績上位をキープしてきた。それも全ては王太子の婚約者にふさわしくあるためだったが、当の王太子があの態度では、虚しさがつのるばかりである。婚約者の座に無理やりおさまったような人間が、どうあがいたところで王太子妃にふさわしくなんぞなりようがないからだ。

本当はアーネストはそんなことを言っておらず、なにもかも先ほどの女生徒たちの虚言ではないか？　との希望にすがりたくなるが、彼女らは最初のうちビアトリスの存在に気づいていなかったようなので、その可能性は低いだろう。

（本当に、私のなにがそんなに……）

「ビアトリス・ウォルトン公爵令嬢。君がさぼるとは意外だな」

ふいに澄んだバリトンが耳に響いて、ビアトリスは慌てて振り向いた。

見ればあずまやの入り口に、目の覚めるような赤毛の青年が立っていた。

すらりとした長身に、精悍で整った顔立ち。瞳は髪と同じ燃えるような赤。

ビアトリスにとっては知らない相手だが、「王太子に嫌われている婚約者」であるビアトリスは有名人なので、一方的に名前を知られているのだろう。

青年はビアトリスをまじまじと見つめ、気づかうように問いかけた。

「……もしかして、泣いていたのか？」

「違います」

「しかし」

「違いますから放っておいてください」

ビアトリスはそう言い捨てるなり顔をそむけた。マナー違反の態度だが、今のビアトリスにはなにもかもがわずらわしかった。

この青年もどうせ腹の底では彼女のことを嘲っているに違いない。嫌われ者の公爵令嬢が惨めに泣いている姿なんて、一般生徒にしてみれば、さぞや愉快な光景だろう。

「……分かったよ。邪魔をして悪かった」

青年はあくまで優しく、いたわるような声で言葉を続けた。

「ただ仮に君が泣いている原因があの王太子殿下なら、これだけは知っておいてほしい。ビアトリス嬢、君はなにも悪くない。あいつがああいう態度を取るようになったのは、あいつ自身の問題だ」

ビアトリスが再び振り向くと、林の奥へと立ち去っていく後ろ姿が見えた。

(今のは一体……)

ああいう態度を取るようになった、と青年は言った。

それはアーネストとビアトリスが睦まじかったころのことを、知っている人間の科白《せりふ》だった。

第二章　赤毛の青年と二人の女友達

「マーガレットさま、シャーロットさま。一緒にお昼をいただいてよろしいかしら」

ビアトリスが意を決して問いかけると、二人の令嬢は一瞬目を丸くしたのち、嬉しそうに微笑んだ。

「もちろんですわ、ビアトリスさま」

「ビアトリスさまとご一緒できるなんて嬉しいですわ。私たちはいつもテラスでいただいているのですけど、ビアトリスさまもそこで構わないでしょうか」

「ええ、もちろんですわ」

二人の令嬢の温かな笑顔に、ビアトリスはほっと胸をなでおろした。

マーガレット・フェラーズ伯爵令嬢とシャーロット・ベンディックス伯爵令嬢は、ビアトリスに対して友好的に接してくれる数少ないクラスメイトである。以前昼食を一緒に取らないかと誘われたこともあるのだが、そのときは「アーネストさまと一緒にいただくので」と断ってしまった。今さら誘っても迷惑がられるのではないかと不安だったが、少なくとも表向きには歓迎されている雰囲気だ。

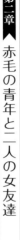

テラスでそれぞれのバスケットを開けて、さっそく昼食が始まった。

（少し強引じゃなかったかしら）

ビアトリスが緊張しながらサラダを口に運んでいると、シャーロットが「ビアトリスさまっていつもどんな本を読んでいらっしゃるの」と訊いてきた。

「ビアトリスさまは休み時間中いつも本を読んでいらっしゃるでしょう？　私も本が好きだから気になっていましたの」

「古典文学が多いかしら。他のジャンルはあまり知らなくて。アイザック・ランプトンとか、メリンダ・アンダーソンとか。特にメリンダ・アンダーソンの『領主館の客人』は大好きで、今も読み返しているところなの」

「まあ、『領主館の客人』は私も大好きですわ。主人公の繊細な心理描写が本当に美しくて。あの幻想的な結末にもとても感銘を受けました」

「あの夢と現実がまじりあう村祭りのシーンは圧巻だったわね。酩酊感があるというか」

「酩酊感、まさにそれですわ。読んでいて頭がくらくらしてしまって。ねえマーガレット、貴方にもこの前貸してあげたわよね？」

「ごめんなさい。一応読んだけど、なんだか言い回しが難しくて。村人が献上した無花果《いちじく》のケーキが美味しそうだったことしか印象にないわ」

「もう、どうして貴方はそうなのよ。そりゃあ確かに無花果のケーキは美味しそうだったけど！」

「そうね。確かにあのケーキは美味しそうだったわ。私も食べてみたいと思ったもの」

「ビアトリスさまもそう思われますか？　私もあのケーキが食べたくて、厨房に言って再現してもらいましたの。でも実際に食べてみたら――」

幸いなことに、彼女らの友好的な態度は、昼食の間中変わらなかった。二人があれこれと話題を振ってくれるので、ビアトリスは疎外感を覚えることなく会話を楽しむことができ、食べ終わるころには一緒に笑い転げるほどに打ち解けた雰囲気になっていた。

「それにしても、ビアトリスさまってこんなに気さくな方だったのね」

「ねえ、ビアトリスさまとこんな風に過ごせるなんて夢みたいだわ」

マーガレットとシャーロットが二人でくすくすと笑い合う。

「私ってそんなにとっつきにくいイメージだったのかしら」

「ええ、だって銀の髪に菫色《すみれいろ》の瞳で女神みたいにお綺麗だし、マナーも所作も完璧で、お勉強だってできるでしょう？　だから私たちなんかとお話ししてもつまらないのかなって思ってましたのよ」

「そうそう、完璧すぎて近寄り難いというか、私たちがお声をおかけしていいものか迷ってしまって。それに勇気を奮ってお誘いしても、ビアトリスさまはいつも――」

しまった、という表情のシャーロットに、ビアトリスは苦笑して見せた。

「そうね。私はいつもアーネストさまにばかりかまけて、他の方々とあまり交流を持とうとはしなかったものね。でもアーネストさまはあの通りご迷惑なようだし、私も無駄な努力はやめて、私なりに学生生活をもっと楽しもうと思ったの。だからお二人とも、これからも仲良くしていただけると嬉しいわ」

そう考えるようになったきっかけは、昨日の青年の一言だった。

アーネストの豹変について、ビアトリスは今まで自分に原因があると考えて、あれが悪かったのか、これが悪かったのかと思いめぐらし、歩み寄りの努力を重ねてきた。しかし仮に青年の言う通り、アーネスト自身の問題ならば、彼女の努力に意味はない。

それならもう諦めて、相手の気が変わるまで、放っておくしかないのではないか。これ以上虚しい努力を続けるよりも、もっと有意義なことに時間を使おう――ビアトリスはそう決意した。

そして「もっと有意義なこと」とはなんなのかと改めて考えたとき、真っ先に頭に浮かんだのが「他の女生徒たちのように学院生活を楽しむこと」だったのである。

自分も他の女生徒たちと同じように、お友達とおしゃべりをして、一緒にランチをとって、週末は一緒に出かけたりしてみたい。そんなビアトリスの考えを読み取ったかのように、マーガレットが「もちろんですわ。それじゃ今度の週末、一緒にスイーツのお店に行きませんこと？」と提案してきた。

「ラグナ通りに新しくできたお店のタルトが絶品なんですの。シャーロットと一緒に行きましょうって話してたんですけど、ビアトリスさまもいらしてくださったらきっと楽しいですわ」

「美味しそうね、ぜひご一緒させていただきたいわ」

「ええぜひ。うちの兄も大好物で、この前なんか男子学生の集団で食べに行ったんだそうですの。

熊みたいな集団に押しかけられて、お店の人は目を白黒させていたんだとか」

「ふふふ、マーガレットさまはお兄さまがいらっしゃるの？」

「ええ、私の一つ上です」

一つ上といえば、昨日の青年も制服のタイの色からして、一学年上の上級生だった。

「……それじゃあ、背が高くて見事な赤毛の男子生徒について、お兄さまからお聞きになったことはないかしら」

「背が高い赤毛の方？　それならたぶんメリウェザー辺境伯家のカインさまですわね。なんでも辺境伯の庶子で、最近になって辺境伯家に引き取られて、学院に編入してきたそうです。そのせいかいつも一匹狼で、あまり人と関わろうとしないんだとか」

「メリウェザー辺境伯家……」

メリウェザー辺境伯家は、第一王子を産んですぐに亡くなった先代王妃の生家である。第一王子がまだ生きていたころは、辺境伯は外戚として王宮を訪れることもあったろうから、そのとき目にしたことを、息子のカインに伝えたのだろうか。

「あら、その方なら私も存じてますわ。授業はさぼりがちなのに、試験のたびに全教科満点を取る有名人でしょう？」

シャーロットが口を挟んだ。

「しかも勉強だけじゃなくて、剣や馬術もおできになる天才肌だとか」

「そうそう、できすぎでムカつくってうちの兄がぼやいてました」

マーガレットも言い添える。

「まあ、そんな凄い方だったのね」

「そのメリウェザーさまがどうかしたんですか？」

「昨日お会いしたとき、ちょっと失礼な態度を取ってしまったの。もしお兄さまと親しいのなら、私が申し訳なく思っていると伝えていただけたらと思ったのだけど、一匹狼なら仕方ないわね」

「一応兄に頼んでおきますわ。親しくない相手でも平気で話しかける能天気な男ですから。兄妹そろって物おじしないのが取り柄ですの」

マーガレットは胸を張った。

その日は昼食後もマーガレットたちと行動を共にした。明るい彼女らは女子に人気があるらしく、いつもは聞こえよがしに悪口を言う生徒たちも、二人に遠慮しているのか、なにも言ってはこなかった。

ただ一度だけ「まあ見て、ビアトリス・ウォルトンよ」と囁きかわす声が聞こえたが、マーガレットが振り向いて「ビアトリスさまになにか御用？」と問いかけると、ひるんだように立ち去った。

入学して以来、こんなに気持ちよく過ごせた日は初めてだ。

下校時間近くになって、ビアトリスが「良かったら私のことはビアトリスと呼んで、丁寧語もやめていただけないかしら。なんだかちょっと堅苦しいもの」と切り出すと、即座に二人から歓迎と同意の言葉が返ってきた。

「まあ嬉しいわ。私も堅苦しいなと思っていたのよ。でもほら、やっぱりウォルトン公爵家のお姫さまだし、まずいかなぁって」

「マーガレットったら、明け透けに言いすぎよ。でも本当に嬉しいわ。私のことはシャーロットって呼んでね」

「私のことはマーガレットって」

口々に言われてなんだか胸が熱くなる。

自分が好意を向けた相手から、同様の好意を返される。そのことのなんと心地よいことか。

ビアトリスが幸せな気持ちで迎えの馬車へ向かっているとき、目の前に見慣れた青年が現れた。

金の巻き毛に青い瞳。王家の特徴を色濃く受け継ぐ、絵に描いたような王子さま。

「アーネストさま……」

いつもなら自分からあれこれ話しかけ、すげなくあしらわれるのがセオリーだが、もうそんな努力をする気にもなれない。会釈してそのまま行きすぎようとしたとき、ふいに腕を掴まれた。

「アーネストさま？」

「……なぜ昼に来なかった」

「ご一緒しないことは言伝したはずですが、もしかして伝わっておりませんでしたか？」

「来ないことは聞いたが、その理由については聞いていない」

「これからはお友達といただくことにしましたの」

「お友達？」

「はい、同じクラスの女生徒です」

「自分から一緒に昼食を取りたいと言い出したくせに、随分と勝手な話だな」

「申し訳ございません。アーネストさまのご迷惑も考えずに強引に約束を取り付けたことについては深く反省しております。もう二度といたしませんので、どうかお許しくださいませ」

ビアトリスが頭を下げると、アーネストは不快そうに顔を歪めた。

これまで昼食はアーネストのいる生徒会室で一緒に取っていたのだが、アーネストはビアトリスが少しでも遅れると先に食べ始めているし、勝手に食堂に行ってしまうこともあった。食事中も不機嫌な態度を隠そうともせず、話しかけても返事もしない。

これだけ露骨に迷惑がっていた相手がもう来なくなるのだから、素直に喜んでもいいだろうに、一体なにが気に喰わないのか。

まあビアトリスがなにをしたところでお気に召すことはないのだろう。

「それでは失礼いたします」

ビアトリスはしとやかにカーテシーをすると、アーネストに背を向けた。

馬車に乗り込むときふと横目で見ると、アーネストはまだ同じ場所に立っていた。


翌朝。ビアトリスは普段より早めに公爵邸を出た。

今まではアーネストと門のところで鉢合わせることが多く、それぞれの教室に入るまでしきりに話しかけるビアトリスと、疎ましげにあしらうアーネストの姿が、登校中の生徒たちの前でいい見世物になっていた。

これからはもうあんな醜態を晒す気はないが、さりとて人前で露骨に態度を変えるのも、噂になりそうでうっとうしい。ならば登校時間をずらすのが無難な対応と言えるだろう。

期待通りアーネストに会うことなく教室に到着したのは良かったが、まだマーガレットやシャーロットも登校していないようだった。来ている者は数人で、いずれも勉強熱心な生徒らしく、今日の予習に余念がない。

(図書館にでも行って、読むものを借りてこようかしら)

今後も上位の成績をキープするつもりではあるものの、以前のような切迫感はもはやない。今まではよくまああれだけ必死だったものだと、我ながら笑えてくるほどだ。

図書館についたビアトリスは、今まで読んだことのなかった恋愛小説を手に取った。昨日シャーロットに「最近の作家でなにか面白い作品はないかしら」と尋ねたところ、「最近のお勧めは断然これよ」と太鼓判を押された一冊だ。シャーロットは古典文学だけでなく、歴史小説から戦記物、探偵小説に至るまでなんでもござれの濫読《らんどく》派で、その中でも今一番はまっているのがこの恋愛小説なのだという。

(こういうのを読むのって、なんだか罪悪感があったのよね)

王妃教育のマナー講師は厳格さで知られた老婦人で、恋愛小説のたぐいを蛇蝎《だかつ》のごとくに嫌っていた。婦人はことあるごとに「私の若いころは、真っ当な家庭の令嬢が恋愛小説なんて読もうものなら鞭でぶたれたものですよ。それなのに最近は母娘で貸し借りをして悪びれもしないんですからねえ」と大仰に嘆いて見せては、「もちろんビアトリスさまはあんな低俗なものはお読みにならないでしょうけど！」と付け加えるものだから、ビアトリスもなんとなく読むのを避けていたのである。

しかし考えてみれば婦人の要求する所作や礼儀作法はきちんと身に付けているのだから、空いた時間をどう過ごすかまで彼女に従う義理はない。むろん良家の子女に相応しからぬ艶本《えんぽん》のたぐいなら話は別だが、学院の図書館にも入っているくらいなのだから、別に問題はないだろう。

貸し出し手続きを終えて教室へと帰る道すがら、ビアトリスはふと思いついて、一昨日あの青年と出会ったあずまやへと足を延ばした。

いたらいいなとは思っていた。

しかしまさか本当にいるとは思わなかった。

ビアトリスは思わず目をしばたいた。

目にも鮮やかな赤い髪。

紛れもなく「彼」があずまやのベンチに腰かけていた。

（なにをやっているのかしら）

青年はこちらに背を向けて、なにやら下を向いている。その足元ではふわふわしたオレンジ色の塊のようなものが、ちょこまかと動いているのが見て取れた。

（まあ、猫……？）

目を凝らすとそれはオレンジ色のトラ猫で、彼が揺らす紐にしきりにじゃれついているようだった。猫は半ば立ち上がるようにしながら、真剣な表情で紐に猫パンチを食らわせている。

（可愛い、お腹の方は真っ白なのね）

微笑ましさに思わず近寄りかけたとき、ビアトリスの足元でぽきりと小枝が音を立てた。

その瞬間、猫は弾かれたように身をひるがえし、茂みの向こうに逃げ込んでしまった。続いて青年も振り向いた。深紅の瞳がビアトリスをとらえ、二人の視線が交差する。

「あの、猫を驚かせてしまってごめんなさい」

青年が口を開く前に、ビアトリスは謝罪の言葉を口にした。

「せっかく遊んでいらしたのに、お邪魔してしまいましたわね」

「あいつならどうせすぐ戻ってくるから大丈夫だ。あれで結構図太いからな」

「そうですか、良かった。……それからあの、一昨日のことも申し訳ありませんでした」

「一昨日のこと？」

「はい。せっかく心配してくださったのに、失礼な態度を取ってしまったことを、ずっと謝りたいと思っていたんです」

「俺は別に気にしてない。それより、なんだかこの前よりだいぶ元気そうだな」

「ええ、貴方のおかげですわ。私のせいじゃないと言われて少し吹っ切れましたの」

「それは良かった」

青年はかすかに微笑んだ。彫刻のように端整な顔立ちが、ふわりと柔らかい印象になる。その笑顔に、ビアトリスはなぜか胸が締め付けられるような懐かしさを覚えた。

この感情はなんだろう。市井で育った彼とビアトリスの間に、接点などあろうはずもないのだが。

「あの、カイン・メリウェザーさまですよね、メリウェザー辺境伯家の」

「確かにそうだが……ああ、この髪色で分かったか」

「ごめんなさい」

赤毛は庶民にはちらほら見られるが、貴族ではかなり珍しい。貴族が集うこの学院でも同様だ。当代のメリウェザー辺境伯や肖像画に描かれた先代王妃アレクサンドラも金髪だったと記憶している。おそらく青年の髪色は、庶民だという彼の母親に似たのだろう。

「別に謝るようなことじゃない。この髪はそれなりに気に入ってるんだ」

彼は軽く肩をすくめて見せた。飄々とした口ぶりからして、本当に気にしていないようだった。

「一昨日メリウェザーさまは、あいつがああいう態度を取るようになった、とおっしゃってましたよね」

「ああ、そう言った」

「意外でした。この学院の生徒で、私とアーネストさまの仲が良かったころのことをご存じの方がいらっしゃるとは思わなかったものですから。メリウェザーさまは、昔のことをお父さまからお聞きになったのですか？」

「いや、それは……実は少々込み入った事情があってな」

「話し辛いことなのですか」

「まあな。しかし君が聞きたいのなら説明しよう。あいつが君にあんな態度を取る理由にも関わることだし、君には知る権利があるからな」

「殿下が私にあんな態度を取る理由」

「知りたいだろう」

「それは、まあ」

　ほんの少し前なら、それは是が非でも知りたいことだった。

「……でもメリウェザーさまが話し辛いことなら、無理にお聞きしませんわ。私が原因じゃないと分かっていれば十分です」

「そうか。感謝するよ、ビアトリス嬢。あいつは本当に馬鹿だ。君のような婚約者がいて、自分がどれだけ恵まれているのか分かっていない」

「お世辞でも嬉しいですわ、メリウェザーさま」

「カインでいい」

「分かりましたわ、カインさま。では私のことはビアトリス、と」

「ビアトリス、そろそろ予鈴が鳴るぞ。君はまさか今日もさぼるつもりじゃないだろう?」

「もちろんです。あんなことは一度きりですわ。カインさまも、ちゃんと授業は出るべきですわよ」

ビアトリスが言うと、カインは苦笑を浮かべた。

「分かったよ。――それじゃあ、また」

「ええ、またお会いしましょう、カインさま」

ビアトリスは令嬢に許される範囲の早足で歩き、予鈴が鳴るまでに教室へと滑り込んだ。


「お早う、ビアトリス」

「お早う、ビアトリス。席に荷物があるのに姿が見えないからどうしたのかと思ったわ」

既に来ていたマーガレットとシャーロットが口々に声をかけてくる。

「お早う。あずまやのところで、カインさまにお会いしたので、色々お話ししていたの。一昨日のことを謝罪したら気にしてないっておっしゃってくださったわ」

「カインさま?」

「ええ、そう呼ぶように言われたものだから」

ビアトリスの言葉に、二人は驚いたように顔を見合わせた。

「まあ、あの方は誰に対しても素っ気ない態度だって聞いたけど、ビアトリスは特別扱いなのかしら」

「ビアトリスがメリウェザーさまと会ったのは、一昨日が初めてなの?　もしかしてそれ以前からのお知り合いとか？」

「一昨日が初めてのはずだけど……」

「ふうん、それじゃもしかして、一目ぼれだったりして」

「え、いやだ、そんなのじゃないわよ」

「だってあの方が会っていきなり名前呼びを許すなんて、他に考えられないわ」

「そうね、ビアトリスは美人だもの、そういうこともあり得るわよね」

「二人とも本当にやめてちょうだい。カインさまに失礼よ」

ビアトリスは慌てて否定した。

（泣いているところに居合わせたから、同情して気づかってくださってるだけよね、きっと）

それにしても、カインが他人に対して素っ気ないというのは少し意外だった。なぜなら彼は会ったときからずっと優しかったから。

誰に対しても優しいのに、自分にだけ冷たいアーネストと、その逆のカイン。前者は幼馴染の婚約者で、後者は出会って間もない人間というのはなにやら皮肉な話である。

（それとも、もしかして本当に以前にもお会いしたことがあるのかしら）

あのとき感じた懐かしさは気のせいではなく、かつての知り合いだからだろうか。ビアトリスは改めて己の記憶を探ったが、やはり思い出すことはできなかった。

午前の授業が終わり、三人は連れ立って食堂へと向かった。今日は食堂で昼食を取ることを昨日から約束していたのである。

「学院食堂の子羊のローストって、すごく美味しいわけじゃないのに定期的に食べたくなる味なのよね。ソースが独特で、隠し味が分からないの」

「マーガレットは食堂ではいつも子羊よねえ」

「シャーロットだってどうせビーフシチューにするんでしょう?」

「だってこの食堂じゃあれが一番外れがないもの」

マーガレットとシャーロットは、既に学院食堂の全メニューを制覇済みであるらしい。

ちなみにビアトリスが学院食堂に行くのはこれが初めてだ。「嫌われ者の公爵令嬢」であるところのビアトリスは、大勢の生徒が集まる場所をなんとなく避けていたのである。

しかし今は気おくれを微塵も感じない。よそよそしくて入り辛かった食堂が、二人と一緒にいるだけで、気安い場所に感じられるのだから不思議なものだ。

(まあ、中は思っていたより広いのね)

初めて足を踏み入れた食堂は広く、大勢の生徒たちが食事をしたり、歓談したり、空いた席を探して動き回ったりしており、ざわざわと活気に満ちていた。

学院食堂では身分を問わずセルフサービスが基本なので、ビアトリスもさっそく列に並んで、美味しそうに見えた白身魚の香草焼きを手に入れた。

　そして三人で空いた席に着き、さあ食べ始めようとする段になって、マーガレットが素っ頓狂な声を上げた。

「まあビアトリスはそれにしたの？」

「ええ、美味しそうに見えたものだから」

「そう、見た目は凄く美味しそうに見えるのよね、それ。……そして食べ始めてすぐ後悔するの」

「そうね。初心者向きのトラップと言っても過言ではないわ。私も昔は引っかかったものよ」

「え、つまり物凄くまずいってこと？」

「ごめんなさい。事前に注意してあげるべきだったわね」

「ま、まあいいじゃない。一種の洗礼だと思えば。やっぱり学院生徒なら一度はその香草焼きを食べなきゃ駄目よ」

「そうね。私なんてお兄さまに『すごく美味いから食ってみろ』って騙されて食べさせられたもの。あのときは軽く殺意を覚えたけど、今となっては良い思い出よ」

「もう、二人とも他人事だと思って……まあ、この酸っぱさって一体なんなのかしら」

　食べた瞬間、口腔内に広がるなんとも言えない味わいに、ビアトリスは思わず声を上げた。

「謎なのよねえ、ビネガーでもないし、柑橘系の風味でもないし。香草由来の酸味なのかなと思うけど。とにかくその見た目と味のギャップが香草焼きの真骨頂なのよ」

「そもそもなんの魚かすら謎なのよね。いつも白身魚としか書いてないし。魚類ではあるんでしょうけど」

「なんでそんな怪しげなものが学院食堂のメニューにあるの……」

食べ物を残すような行儀の悪い真似をするわけにもいかず、ビアトリスは涙目になりながらも、なんとか香草焼きを完食した。

そんなこんなで、ビアトリスにとっての学院食堂デビューは実に忘れられない体験となった。

（しばらく白身魚は食べたくないわ。うちの料理長にも言っておかないと）

次に学院食堂に行くときは、自分も絶対子羊かビーフシチューにしようとビアトリスは心に誓った。

午後の授業を終えて、ビアトリスはマーガレットたちと別れの挨拶を交わして公爵邸の馬車に乗り込んだ。そして流れゆく風景を眺めながら、今日一日を反芻した。カイン・メリウェザーと再会して、マーガレットたちと他愛ないおしゃべりをして、学院食堂で香草焼きを食べて、それから――

そこで初めてビアトリスは、今日は一度もアーネストに会わなかったことに気が付いた。


公爵邸に帰宅すると、侍女のアガサが「旦那さまがこちらにいらっしゃるのは来週になるそうです」と伝えてきた。

「まあ、そうなの。もしかしてお母さまのお加減が良くないのかしら」

「はい。奥さまがお風邪を召されたので、念のために付き添われるそうです。ただ軽いものなので心配はいらないとのことでした」

「そう、それなら良かったわ」

母のスーザンは病弱なため、学院のある王都ではなく温暖な公爵領で暮らしており、父もそんな妻を気づかって領地で過ごすのが大半だ。跡取りである兄のダグラスは隣国に留学中なため、王都のタウンハウスにいるのは、使用人を除けばほとんどビアトリス一人である。

寮住まいの学生を思えば、あまりわがままも言っていられないが、やはり寂しい思いはぬぐい切れなかった。

（でも今は学院にお友達がいるから平気だわ。マーガレットにシャーロット。できればカインさまとも仲良くなりたいし。それに――）

「ねえ、アガサ、猫ってどんなものが好きなのかしら」

「猫、でございますか？」

「ええ、学院の庭に野良猫がいて、それがとっても可愛いの。だから仲良くなりたいんだけど、どんなもので喜ぶのか知りたくて」

「そうですね。私の実家で飼っていた猫は茹でた鶏肉が好物でした。それから揺れる紐やリボンで遊ぶのが好きだったと思います」

「分かったわ、鶏肉にリボンね」

「鶏肉は厨房に言って用意させますね。リボンは昔お嬢さまが使っていた物をお探ししましょうか」

「ええ、お願い」

あのオレンジ色の猫とも仲良くなりたい、そして叶うものなら、あの柔らかそうなオレンジ色の毛並みを思う存分に触ってみたい。

ビアトリスは新たな野望を胸に秘めつつ、明日の予習に取りかかった。


翌日もビアトリスは早めに登校し、今度は教室に寄らずに直接あずまやへと赴いた。昨日会ったカイン・メリウェザーともっと話してみたかったし、あわよくばオレンジ色の猫ともお近づきになりたかったからである。

しかしあずまやのベンチに、カインの姿は見当たらなかった。まだ登校していないのか。あるいは今日はここに来るつもりはないのかもしれない。

(『それじゃあ、また』とは言っていたけど、いつとは別に言っていなかったわね、そういえば)

ここに来れば会えるつもりになっていた自分に苦笑が漏れる。

猫の姿も見当たらないため、ビアトリスは気を取り直して、鞄から本を取り出した。昨日図書館で借りた恋愛小説、『月下の恋人たち』である。

それは家同士の対立に巻き込まれた恋人たちが、数多の障害を乗り越えて結ばれるまでを描いたドラマティックな物語だ。陳腐で通俗的と言ってしまえばそれまでだが、山あり谷ありの波乱万丈な展開に、昨日はページをめくる手が止まらなかった。

（寝る前に少しだけ読むつもりだったのに、結局最後まで読み終えてしまったのよね。おかげで少し寝不足だわ）

今日は返却するために持ってきたのだが、返す前に印象的なシーンをもう一度読み直すのも悪くない。

ビアトリスは後ろの方をぱらぱらとめくって、お気に入りのページを開いた。

それはまさにクライマックスの名場面。ようやく再会した恋人たちが、互いの無事を喜びあっていた、まさにそのとき。大振りのナイフを持った男の影が――

「なにを読んでいるんだ？」

「きゃぁ！」

いきなり後ろから呼びかけられて、ビアトリスは小さく悲鳴を上げた。

「すまない。そんなに驚くとは思わなくて」

「い、いいえ。私こそはしたない声を上げてしまいました」

ビアトリスはまだどきどきしている胸を押さえた。カインの声はいきなり聞くとなんだか少し心臓に悪い。

「随分夢中になっていたが、一体なんの本を読んでいたんだ？」

「これですわ」

ビアトリスは月明かりの下で寄り添う男女が描かれた表紙を見せた。

「へえ、君もそういうのを読むんだな」

「お堅い古典ばかり読んでいると思ってましたか？」

「実を言えば、そういうイメージだった」

「ふふ、実はそれが正解ですの。これはお友達に勧められて、初めて読んだ恋愛小説なんです。読み始めたらもう面白くて止まりませんでしたわ」

「君がそこまで言うのなら、俺も読んでみようかな。もう読み終わったんなら、俺に貸してくれないか」

「これは図書館の本ですから、また貸しするわけにはいきませんわ。それにとても甘い恋愛小説ですから、殿方が読んで面白いかどうかは保証しませんわよ。カインさまはどんな本がお好きなんですの？」

「割となんでも読む方だが、最近読んで気に入ったのは『太陽の末裔』かな」

「まあ、あれは私も読んでみたいと思っていましたの。ほら、『領主館の客人』で、主人公があの作品の一節を引用するシーンがあるでしょう？　あの場面がとても美しくて」

「偶然だな。俺もあれを読んで『太陽の末裔』に手を出したんだ」

「お読みになってどうでした？　古代語で書かれているから、ちょっと難しいかなと手を出しかねておりましたの」

「確かにはじめはちょっととっつきにくいかもしれないが、あれは古代語の中でも割と分かりやすい文章だから――」

そうして互いに好きな本や芸術について語り合っているうちに、ふいに足元でにゃあんという声がした。見ればあのオレンジ色の猫が、草むらの陰からこちらの様子をうかがっている。

「ああ、来たのかお前」

カインが声をかけても、猫は一定の距離を保ったままだった。一緒にいるビアトリスを警戒しているのだろう。

「いらっしゃい。今日は貴方と仲良くなりたくて、これを持ってきましたの」

ビアトリスは持参した鶏肉を取り出すと、ハンカチに乗せてそっと地面に置いた。猫はおずおずと近寄って来ると、しばらく匂いを嗅いでいたが、やがてはぐはぐと食べ始めた。

「ふふ、気に入ってくれて良かったわ。ねえカインさま、この子、名前はなんていうんですの？」

「さあ、ないんじゃないか？　野良猫だし」

「カインさまは付けてあげないんですの？」

「俺より発案者の君が付けてやったらいいんじゃないかな」

「え、でも私はまだそんなに親しくないですし」

「名付け親なんてそんなもんだろう」

「それもそうですわね。ええと、それじゃオレンジ色だから、オレンジなんてどうでしょう」

「……意外と大雑把な付け方をするんだな」

「そうおっしゃるならカインさまが繊細な名前を付けてくださいませ」

「誰も悪いとは言ってないぞ。うん、分かりやすくていいよ。こいつのイメージに合ってるし。なあオレンジ」

カインが呼びかけると、猫はまるで返事をするようににゃぁんと鳴いた。

結局そこで時間が来てしまったので、その日ピンクのリボンは使えずじまいだった。ところが昼食時になって、それは意外な騒動を巻き起こすことになった。


「あら、なにか落ちたわよ？」

ビアトリスがランチボックスを取り出した拍子にこぼれ落ちたそれを、マーガレットがかがんで拾い上げた。

「まあ、随分と可愛いリボンね、これってビアトリスの？」

「ええ、子供のころに使っていたリボンなの。裏庭にいる猫と遊ぶために持ってきたんだけど、結局時間がなくて使えなかったわ」

「ふうん、猫のためなの。……でもビアトリスも子供のころは、こういうもので髪を結んでいたのよね？」

「ええ、色々やっていたけど」

「そう。ねえビアトリス、もう髪を飾ったりする気はないの？」

「え？」

「実を言うと、前からずっと思っていたのよ。ビアトリスはなんでいつも髪になんの飾りも着けずに、ただ下ろしっ放しにしてるんだろうって」

「マーガレット貴方……ビアトリスとろくに口を利いたこともないころからずっとそんなことを思っていたの？　はっきり言って、ちょっと気持ち悪いわよ？」

シャーロットが若干引き気味に割って入った。

「だってもったいないなと思っていたんだもの！　ビアトリスは美人なのに飾り気がなさすぎるのよ。せっかく綺麗なプラチナブロンドなんだし、もっと色々アレンジを楽しめばいいのに。シャーロットもそう思うでしょう？」

「それはまあ、私もちょっともったいないとは思うわよ。そういえば私もビアトリスについて前から思っていたことがあるんだけど」

「え、なあに？」

「『月下の恋人たち』のミリアムが月の精に例えられるシーンがあるでしょう？　彼女の『月の光を集めたような髪』ってどんな風だか想像がつかなかったんだけど、学院でビアトリスを見たとき納得したのよ、きっとこんな感じだなって」

「貴方の方が気持ち悪いわよ。フィクションと現実を混同するのは痛いオタクの典型だわ」

「身近なもので想像するのは読書家なら誰でもやってることよ！　とにかくそれで思ったんだけど、ビアトリスもミリアムみたいに髪を結い上げたらきっと似合うんじゃないかしら」

「まあ、それは私も同感だわ。ビアトリスは首が細いし顎のラインも綺麗だから、結い上げたら絶対似合うと思うわ。それとも、そうやって下ろしたままにすることになにかこだわりでもあるのかしら」

「こだわりというほどでもないんだけど」

ビアトリスがいつも髪を下ろすようになったのは、アーネストの「トリシァは変に飾り立てずにそのまま下ろしているのが一番可愛いと思うな」というなにげない一言がきっかけだった。

それ以前は髪を結い上げたり編み込んでリボンを着けたりと色々工夫していたのだが、大好きなアーネストにそう言われたことで「じゃあこれからはずっと下ろすことにしますね！」と宣言し、今の今までずっと守り続けてきたのである。

（考えてみると私の理由も結構気持ち悪いわね……）

幼いころならいざ知らず、今のアーネストは顔も見たくないほどにビアトリスを嫌っているのだ。そんな相手の好みに合わせるなんて、我ながら痛々しいにもほどがある。

当のアーネストだってそんな他愛もない発言はとっくに忘れているだろう。

「そうね、いつも同じじゃつまらないから、今度結い上げてみようかしら」

ビアトリスがなにげなく言うと、二人は食い気味に身を乗り出した。

「まあぜひ。絶対に似合うと思うわ」

「どうせなら全部上げるよりも、サイドを下ろしたらどうかしら。ほら、ミリアムがやっていた髪型よ。それでこの辺りに大粒の真珠を着けたらもう完璧にミリアムだわ」

「ちょっと、学校にそんなもの着けて来られるわけないじゃないの。ビアトリスに校則違反をさせるつもり？　でも髪飾りを着けるのは私も賛成よ。髪の色が淡いから、うんと濃い色が映えると思うわ」

「あら、ビアトリスには淡い色の方が似合うわよ」

他人の髪型でよくまあここまで盛り上がれるものだと思うくらいに、二人はきゃあきゃあとはしゃいだ声を上げている。

おかげでビアトリスは完全に後には引けなくなってしまった。

（でも髪飾りって、今でも使えそうなものがあったかしら。さすがにこのリボンはもう子供っぽすぎるし）

ビアトリスは昔使っていた髪飾りをあれこれ頭の中で思い返した。


翌朝、ビアトリスが侍女のアガサに髪型を変えることを伝えると、彼女は「まあ、本当ですか」と驚きの声を上げた。

「朝から手間をかけさせて悪いわね」

「とんでもないことです。こんなに綺麗なおぐしなんですもの。前から色々アレンジさせていただきたいと思っていたので嬉しいです」

そう言って目を細めるアガサはなにやら本当に嬉しそうで、そういえばこれまでも何度か「今日は少し変えてみたらいかがでしょう」とおずおずと提案されていたと思い出す。

「それで、結い上げるんでしたよね」

「ええ、サイドは下ろしてほしいの」

「分かりました。それならここはこんな風にして――」

アガサはビアトリスの曖昧な指示からその意図するところを見事にくみ取り、くるくるねじったりピンで留めたりしながら、器用な手つきで流れるように作業を進めていく。ときおり「痛くございませんか？」と確認されるが、むしろ撫でられているような心地よさだ。

「――お嬢さま、こんな形でいかがでしょうか」

うながされるまま鏡を覗くと、そこに映っているのは自分でありながらどこか別人のような、垢ぬけた雰囲気の女性だった。髪型一つでこうも印象が変わるものかと驚かされる。

「……変じゃないかしら」

「すごくお似合いだと思いますけど、お気に召しませんでしたか？」

「ううん、気に入ったわ。ありがとうアガサ。貴方にこんな特技があったのね」

「もったいないことでございます」

アガサははにかむように微笑んだ。

女主人の髪を整えるのも、侍女の仕事の内である。アガサはせっかく優れた技量を持っているのに、ビアトリスがいつも同じ髪型なので才能を持て余していたのかもしれない。だとすれば、今まで気の毒なことをしたものである。

「もっと色んな髪型を試してみたいから、これから色々とお願いすると思うわ」

ビアトリスが言うとアガサは「はい。お任せください」と嬉しそうにうなずいた。


登校時間が少し遅かったせいか、今日はカインが先に着いていた。

カインはビアトリスを見て一瞬驚いた表情を浮かべたものの、ただ「お早う」と挨拶をするにとどめた。手元には古びた本が広げられている。

「お早うございます。なにを読んでいたんですの？」

「二百年くらい前に修道院長が書いた日記だよ」

「まあ、それって面白いんですか？」

「なかなか興味深いよ。当時の世相がよく分かるし、それに――」

なにげないやり取りを交わしながらも、カインがちらちらと寄越す視線がなんだか気になって仕方がない。

（やっぱり変なのかしら。私に気を使って言い出しかねているのかしら）

やがてオレンジが現れて、二人の前でにゃぁおんと鳴いた。

「あら、いらっしゃいオレンジ」

ビアトリスはオレンジに鶏肉をやったあと、今日こそは、と持ってきたピンク色のリボンを取り出した。そして手を伸ばすと、オレンジの前でゆらゆらと左右に揺らしてみせた。

オレンジは最初のうちリボンの動きを目で追うだけだったが、やがて我慢できなくなったのか、そろそろと近づいて、ちょいちょいと前足でリボンをパンチし始めた。

そのあまりの可愛らしさに、ビアトリスはカインと顔を見合わせ二人でくすくす笑い合った。

そしてひとしきりオレンジと戯れて、ビアトリスが髪型のことを半ば忘れかけたころ、カインはようやく「ところで、髪型を変えたんだな」と口にした。

「はい。昨日お友達に言われて、ちょっと試してみたんです。……変でしょうか」

「いや、別に変じゃない」

「カインさま、気を使わなくて結構ですので、率直な感想をお願いします」

「下ろしているのもいいが、そういうのも新鮮でいい。君によく似合っているし……その、とても綺麗だと思う」

「……言いすぎです、カインさま」

男の人からストレートに褒められるのは久しぶりで、なんだか顔が熱くなる。対するカインも心なしか赤い顔をして「君が感想を言えというから……」と言い訳がましくつぶやいている。このおかしな空気はなんなのか。

「あの、そろそろ教室に戻る時間ですから、私はこれで！」

「そうだな。そろそろ行った方がいい」

「なんで見送る体勢なんですか。カインさまも授業に出なきゃ駄目ですよ」

博識な彼にしてみれば、学校の授業なんてつまらないのかもしれないが、それとこれとは別である。

「分かったよ。君は本当にまじめだな」

カインは苦笑しながらベンチから腰を上げた。そして「まあそういうところも」と小さくつぶやいていたが、そういうところもなんなのかは、結局聞けないままだった。


ビアトリスの髪型はマーガレットとシャーロットにも大好評を博した。

「まあ素敵よビアトリス！　思った以上によく似合ってるわ」とマーガレットは手を叩いて歓声を上げ、「ふっ、やっぱり月の精ミリアムのイメージ通りね。これからあのシリーズを読むときは、ビアトリスの顔を思い浮かべることにするわ」シャーロットはしたり顔でうなずいた。

「それは絶対やめてちょうだい」

そんなことをされたら、もうあの作品を平常心で読めなくなりそうだ。

「だけどありがとう二人とも。私もこの髪型とても気に入っているの。アドバイスしてもらって良かったわ」

「どういたしまして。それじゃもう一つアドバイスさせてもらうと、お化粧もやってみたらどうかしら」

マーガレットがビアトリスの顔を覗き込んで言った。

「お化粧？」

「ええ、ぜんぜんやってないでしょう？　ビアトリスは肌が白いから今のままでも十分綺麗だけど、ちょっとだけお化粧したらもっと映えると思うのよ」

「そうね。少し紅を引いたらぐっと大人っぽくなると思うわ」

シャーロットも同調する。

「ビアトリスはお化粧嫌いなの？　肌が弱いとか、なにか理由があるのかしら」

（理由……ね）

思えば化粧をしないのも「化粧臭い女は嫌いだ」というアーネストを慮《おもんぱか》った結果である。彼の言葉にここまで縛られていたのかと、我ながら笑えてくるほどだ。

今までの自分は少しでも彼に嫌われないよう、彼の意に沿わないことをやらないよう、亀のように手足を縮めて、無難な選択ばかりを繰り返していた。なにか変わったことをやってみよう、新しいことに挑戦してみよう、なんて意識は頭から消えていた。

全くもって人生の無駄遣いにもほどがある。

「そうね、お化粧も今度挑戦してみるわ」

「まあ本当？」

「ええ、今は色んなことをやってみたい気分なの。だからお化粧もやるわ、やってみる！」

「それがいいわ」

マーガレットは笑顔で言ったあと、「でもお化粧って、そんな風に握りこぶし固めて決意表明するものじゃないからね？」と若干引き気味に付け加えた。

その日は教室でも廊下でも、いつも以上に周囲の視線を感じた。ビアトリス・ウォルトンが普段と違う髪型をしているのがそんなに珍しいのか、わざわざ振り返って二度見する生徒までいる始末だ。

ビアトリスとしては、若干わずらわしくはあるものの、総じて言えば、そこまで悪い気分ではなかった。今の自分はとても似合う髪型をしているのだから、見たいならいくらでも見ればいい、という開き直った心持ちである。

三人で廊下を歩きながら、普段使いの髪飾りを購入するにはどこがいいか、今はどんな飾りが流行っているかという話題で盛り上がっていると、ふいにマーガレットが目を見開いた。ビアトリスは彼女の視線の先をたどって、びくりと肩を震わせた。

「アーネストさま」

取りまきを連れたアーネストが、廊下の中央に立っていた。こんな近くに来るまでアーネストの存在に気づかなかったなんて、初めてのことではなかろうか。

ビアトリスが会釈して行き過ぎようとすると、アーネストは「それは……」と咎めるような声を発した。

「はい？」

ビアトリスが足を止めて問い返すも、アーネストはこわばった表情のまま、ビアトリスを見つめるばかりである。

「あの、『それ』とはなんのことでしょうか」

ビアトリスがしびれを切らせて問いかけると、「……別に、なんでもない」という不機嫌な声が返ってきた。

「御用がないようでしたら私はこれで失礼いたします」

「ああ」

憮然とした表情のアーネストにもう一度会釈してから、ビアトリスは少し離れたところで待っていたマーガレットたちに合流した。

「殿下はなんの御用事だったの？」

「さあ、よく分からなかったわ」

ビアトリスは軽く肩をすくめて見せた。

実際、アーネストの不自然な態度の原因なんてまるで思い当たらない。彼が言っていた「それ」とは一体なんなのか。

もしや髪型のことでは、との考えが一瞬浮かんだものの、すぐに「あり得ない」と考え直す。

アーネストが遥か昔のやり取りを覚えていて、ビアトリスが約束を反故《ほご》にしたことに苛立っているなんて、そんな馬鹿げた話があるものか。

「ところでマーガレット、さっき言っていた小間物屋さんってどこにあるの？」

「ラグナ通りの端の方よ。間口は狭くて目立たないけど、なかなか洒落たものがそろってるの。普段使いに手頃な髪飾りもたくさんあったはずよ」

「行ってみたいわ。あとで詳しく場所を教えてもらえるかしら」

「それじゃ今度タルトを食べに行くとき、帰りに一緒に行ってみない？　私も買いたいものがあるからちょうどいいわ。シャーロットも行くでしょう？」

「もちろんよ。ビアトリスの髪飾りは私が見立ててあげるわね」

「ありがとう。頼りにしてるわ」

ビアトリスは友人たちと言葉を交わしながら、アーネストの不可解な言動を頭の片隅に追いやった。


それからしばらくの間、穏やかな日々が続いた。

朝は早めに登校して、授業が始まるまで裏庭のあずまやで過ごすことが習慣になった。一人のときは図書館で借りた本を読み、カインが来たら二人で他愛もないおしゃべりをする。そうして互いに好きな本や芸術について語り合っているうちに、ビアトリスは彼の教養の深さや博識ぶりに何度も驚かされることになった。

平民の特待生など、市井育ちでも成績優秀な者はそれなりにいるが、古典文学や芸術となると、やはり育った環境の違いから、生まれついての特権階級には後れを取るのが通常だ。しかしカインの豊かな教養は、八歳のころから次期王妃として育てられてきたビアトリスですら圧倒されるほどだった。

カインを育てた母親は、よほどしっかりした人物だったに違いない。

話題は文学や芸術のことが多かったが、たまにカインが故郷のメリウェザー領のことを話すときもあった。メリウェザー辺境伯領は王都から離れている代わりに、隣国との交易が盛んであり、都市は王都顔負けの活気があるという。

異国情緒あふれる街の様子や、豊かな田園、深い森。どこまでも続く緑の草原。カインが物語るメリウェザーの地はこの上なく魅力的で、彼がどれだけ故郷を愛しているかがビアトリスにも伝わってくる。

（カインさまはきっと立派な領主になるんでしょうね）

ビアトリスは眩しいような思いで耳を傾けた。

猫のオレンジは少しずつビアトリスに心を開いていき、やがて自ら尻尾をピンと立てて足元に擦り寄ってくるようになった。

しきりにこすりつけてくる仕草にビアトリスが目を細めて「まあ可愛い。甘えているのかしら」と口にすると、カイン曰く「いや自分の匂いをつけることで、君は自分のものだって主張してるんだよ」とのこと。なんと微笑ましい独占欲だろうと、思わず顔がゆるんでしまう。ただそうして自分から触ってくる割に、ビアトリスが触れようと手を伸ばすと、ひょいと身体をかわしてしまう。ビアトリスがオレンジ色の柔らかな毛並みを堪能するのは、まだ当分先になりそうだった。

アガサにやってもらった化粧も友人たちの好評を博した。髪型と合わせて、以前よりずっと垢ぬけて華やかになったような気がして、鏡に映る自分を見るたび、なんだか高揚してしまう。どんな化粧が似合うかをマーガレットたちとあれこれ話し合うのも、これまでにない体験で面白かった。

一方アーネストとは廊下などで鉢合わせることもあったが、軽く会釈をするだけでやり過ごした——否、やり過ごそうとしたのだが、なぜかアーネストの方が彼女を呼び止め、話しかけてくることがしばしばあった。

「待てビアトリス」

「はい、なんでしょう」

「……先日出た薬学の課題についてだが」

それは決まって周囲に人がいないときで、内容は学校の課題についての確認や、次の王妃教育についての確認など、ビアトリス以外に尋ねれば済むことや、そもそも尋ねる必要すらないことばかりだった。まるで話すきっかけを探しているかのような行動は、ビアトリスを大いに困惑させた。

あれだけ「口を利くのも嫌だ」と言わんばかりの態度を示してきた人間が、どういう風の吹き回しだろうか。

（……考えるのはやめましょう。あの人の行動の意味なんて、考えてもどうせ無駄なんだもの）

問われたことについて必要最低限の返事をすれば、それ以上踏み込んでくることもなく解放される。事務的に返答を済ませ、アーネストの前を辞するたび、なにやらもの言いたげな視線を感じたが、あえて気づかないふりをした。

下手にこちらから踏み込んで、手ひどく撥ねつけられるのはまっぴらだ。

今はなによりも、この平穏な日々を守りたかった。叶うものなら卒業までアーネストに振り回されることなく、友人たちと気楽な日々を送りたかった。

しかしそんなビアトリスの願いも虚しく、彼女の平穏は半月も経たずにぶち壊されることになる。そのきっかけとなったのは、以前からの約束通り、マーガレットたちとラグナ通りの店にタルトを食べに行ったことだった。

もっともきっかけはあくまできっかけであって、仮にその日に出かけなかったとしても、遅かれ早かれ似たようなことは起こっていたに違いないが。

第三章　タルト専門店と小間物屋

週末のタルト専門店行きに参加したのは総勢五人。元は女子三人で行く予定だったのだが、マーガレットが「兄も一緒でいいかしら。護衛の代わりを務めるって言うし」と言うので喜んで了承したところ、なんと彼に連れられてカインまでもが現れたのである。

「前にマーガレットにビアトリス嬢の伝言を頼まれたことがあっただろ。それがきっかけで話すようになったんだが、こいつイケメンの割にいい奴なんだ」

熊のような巨漢のチャールズ・フェラーズはカインの背中をばしばしと豪快に叩きながら言った。

「兄がご迷惑かけてすみません、メリウェザーさま」

「いや、面白そうだから便乗させてもらったんだ。俺も甘いものは嫌いじゃないしな」

「ここのタルトは絶品だぞ。ちなみにブルーベリーがお勧めだ」

「じゃあ俺はそれにするよ」

「あらお兄さま、杏の方が美味しいわよ」

「じゃあ私はそれにするわ。ビアトリスはどうする？」

「そうね、私もマーガレットお勧めの杏にするわ」

結局女性陣は杏のタルト、男性陣はブルーベリーのタルトに決まり、ほどなくして紅茶とともに注文の品が運ばれてきた。

ビアトリスが宝石のようなタルトをひとくち食べると、甘酸っぱさと独特の爽やかな風味が口腔内に広がっていく。確かにこれはちょっと癖になりそうな味わいだ。

「美味しいわ……！」

「そうでしょう、そうでしょう」

「マーガレットったら、なんで貴方が得意げなのよ」

「いいじゃない、シャーロットだって自分が紹介した本が面白いって言われて得意がっていたくせに」

「あれは……だってそういうものでしょう？　好きな作品が褒められると本好きとしては嬉しいもののよ」

「甘味だって同じことよ！」

二人の掛け合いに笑いが漏れる。

ビアトリスは甘味を堪能しながら、ふと正面に座るカインに目をやった。

タルトを食べる彼の所作はとても綺麗で、市井で育ったとは思えないほど洗練されている。なんとはなしに見とれていると、ふいにカインと目が合った。

「なんだ？」

「あ、いえ」

「もしかしてこっちも食べたいのか？」

「え、ち、違います！」

「遠慮するな、ほら」

止める間もなく、カインは自分のタルトを切り分けてビアトリスの皿に移してしまった。食い意地の張ったはしたない女だと思われたろうか。

「どうだ？」

「……美味しいです」

「それは良かった」

カインの慈しむような微笑みに、ビアトリスはふと泣きたくなるような懐かしさを覚えた。以前にも感じた、これは一体なんなのか。もし「以前にもお会いしたことはありませんか？」と尋ねたら、彼はなんと答えるだろう。

ビアトリスがカインさま、と口を開きかけたとき、ふいに甲高い声が響いた。

「ね、アーネストさま、すごく美味しかったでしょう？」

「ああ、なかなか美味かったよ」

「僕には少し甘すぎましたね」

「そんなこと言うならシリルはもう誘わないからね！」

「俺は美味かったぜマリア」

「ふふっ、ありがとうレオナルド」

「うん、僕もこういうのは好きだな。マリアはいいお店知ってるね」

わいわいと店の奥から現れたのは、アーネスト率いる生徒会のメンバーだった。彼に腕を絡めてはしゃいだ声を上げているのはマリア・アドラー。アーネストが選んだ副会長だ。

去年の春、生徒会長に選出されたアーネストがビアトリス――成績上位者で高位貴族でなおかつ会長の関係者――ではなく、平民であるマリアを副会長に指名したときは、学院内で随分と騒がれたものである。

「ビアトリスさまったら、よっぽどアーネスト殿下に嫌われているのね」と嘲る者もいれば、「ビアトリス嬢は人間性に問題があるから、生徒会にふさわしくないと判断されたのだろう」と訳知り顔に言う者もいたが、いずれにせよ当時のビアトリスにとって、それは「欠陥品」の烙印を押されたに等しい苦しみだった。その後もアーネストの隣にいるマリアを見るたび、まるで自分の居場所を奪われたような苦痛を覚えたものである。

今も一緒にいる二人を目にすると、じくじくと胸が痛むのを感じる。しかしそれ以上に強いのは、友人たちとの温かな時間を壊されたくないという感情だ。彼らの前でアーネストに邪険にされて、気まずい雰囲気になるのは嫌だった。

(どうかこちらに気づかれませんように)

ビアトリスはうつむいて彼らをやり過ごそうとした。ところが間の悪いことに、顔を伏せようとした瞬間、アーネストがふいにこちらを向いた。

二人の視線が交差する。

彼はビアトリスの存在に驚きの表情を浮かべてから、次に向かいに座るカインに目をやり、再びビアトリスに視線を戻すと、鋭い目つきで睨みつけた。まるで親の仇でも見るような、怒りに満ちた眼差しだ。

（なんなの一体、なんでそんな目で見られなきゃならないの？）

仲間と楽しく過ごしている週末に、大嫌いなビアトリスなんかを目にしたことに対する怒りだろうか。不快な気持ちは分からないでもないのだが、それをこちらにぶつけてくるのはいくらなんでも理不尽すぎる。

「どうかなさったんですか？　アーネスト殿下」

立ち止まったままのアーネストに、書記のシリル・パーマーが声をかけた。宰相の息子で、いつもアーネストと首位争いをしている秀才だ。

「いや……なんでもない」

「早く行きましょうよアーネストさま、このあとはみんなでお芝居を見るんですからね！」

マリアが甘えた声を上げて、アーネストをうながした。

ようやく一団が立ち去ったあと、カインがやれやれと息を吐いた。

「やかましい連中だな」

「ああまったくだ。気分直しにもう一つずつ注文するか」

チャールズも同調する。

「お兄さまったら太るわよ。それにこのあと小間物屋さんに行くんだから、ずっとこのお店に居座ってるわけにもいかないのよ」

「小間物屋ぁ？」

「ええ、ビアトリスに髪飾りを見立ててあげる約束なの。それから私も新しい手鏡が欲しいし、それから――」

「そういう女の買い物って長くなるんだよなあ。俺は遠慮しとくわ」

「なに言ってるのよ。今日は護衛でついてきたんでしょう？　女だけで街歩きをしろって言うの？」

「良かったら俺が代わりに行こう」

カインが横から口を挟んだ。

「おお、行ってくれるか。マーガレット、こいつは剣の腕も学年トップ……というか先生も敵わない腕前だ。はっきり言って俺が十人いるより頼りになるぞ」

「それって偉そうに言うことじゃないわよ。それにメリウェザーさまにそこまでご迷惑をおかけするわけにはいきませんわ」

「いや実を言うと、俺も親戚の子から王都の洒落た小物を送ってほしいって頼まれてるんだ。ついでに見立ててもらえるとありがたい」

結局カインの提案通り、チャールズを除いた一行は小間物屋に移動することになった。

マーガレットの言っていた店はタルト専門店のすぐ近くにあり、間口は狭いが入ると意外と奥行きがある。店内には髪飾りやペンダントといった女性のちょっとした装身具から、ハンカチや手鏡、指ぬきに香水瓶や宝石箱に至るまで、様々な商品が所狭しと並べられていた。その一つ一つが愛らしくも洒落ていて、眺めているだけで何時間でも過ごせそうなほどだった。

（こんな素敵なお店があったのね）

ビアトリスは店内を見回しながらほうとため息をついた。ずっと王都で暮らしていたのに、こんな店があることすら知らなかった。

思えばここ数年間、ほとんど公爵邸と学校の往復ばかりで、あとはせいぜい王妃教育のために王宮に通っているくらい。こんな風に城下を歩くことなんてまるでなかったような気がする。

（私ったら王都にいながら、修道女みたいな禁欲生活を送っていたのね）

世間はこんなに素敵なもので満ちあふれているのだから、もっともっと楽しまなければもったいない。

「ほらビアトリス、これなんて貴方に似合いそうよ」

マーガレットの言葉に振り返ると、深紅色の薔薇の形をした髪飾りが目に映る。

「綺麗だけど、学校に着けて行くにはちょっと華やかすぎないかしら」

「あら、今こういうのって流行ってるのよ」

「ビアトリスにはこっちの方が似合うと思うわ」

シャーロットの差し出したのは、銀色の月をモチーフにした髪飾りだ。

「貴方はその月の妖精ミリアムとやらから離れなさいよ」

「違うわ。これは純粋にビアトリスに似合うと思って選んだのよ」

「メリウェザーさまはどちらがお好きですか？」

マーガレットが声をかけた。

「ちょっと、カインさまに御迷惑よ」

「あら、殿方の意見も参考にした方がいいもの。ね、これとこれ、ビアトリスにはどちらが似合うと思いますか？」

「そうだな、どっちも似合うと思うが、俺はこれが好きだな」

カインが選んだのは、菫の造花をいくつも組み合わせた髪飾りだった。

「あら、それもなかなか素敵ですわね。それで、ビアトリスはどれを選ぶの？」

「どれも素敵だから三つとも買うことにするわ。こういうのは幾つあってもいいものだから」

それからさらに三つ選んで、今日はそれで打ち止めにした。

その後はマーガレットの手鏡と、シャーロットのブックカバーと栞《しおり》を選ぶのを手伝った。自分のものを選ぶのも楽しいが、人のために選ぶのもそれはそれで楽しいものだ。

「それじゃ今度はカインさまのお買い物にお付き合いしますね。贈り物をする予定の親戚の方はお幾つですか」

「九歳になったばかりの女の子なんだ」

「まあ可愛い盛りですわね」

「生意気な盛りだよ。王都に着いたら素敵な小物を贈ってねって言われてたんだが、面倒でずっと放置してたんだ。今ごろカインお兄さまは嘘つきだってむくれてるかもしれないな」

「じゃあ汚名返上のためにも素敵なものを選ばないといけませんね」

とはいえビアトリスの親戚に幼い少女はいないため、この手のものを選ぶのはあまり自信がない。

「ねえ、マーガレットとシャーロットはどんなものがいいと思う？」

「王都から贈るならやっぱりアクセサリーじゃないかしら。九歳と言えば背伸びしたくなる年頃だし、ちょっと大人っぽいものでもいいかもね」

「可愛い指ぬきもいいと思うわ。ほら、あの年頃ってこういう小物をコレクションしたりするでしょう？」

三人であれこれ吟味した結果、マーガレットはペンダント、シャーロットは指ぬき、ビアトリスは陶器で出来た小さな猫を推薦した。

「三人ともありがとう、助かったよ」

カインは三つとも購入すると言って礼を述べた。

「それにしても、この猫、なんだかオレンジに似てるな」

「ふふ、私もそう思いましたの。私も一つ買おうかしら」

「あと三色あるから三人分、色違いでちょうどいいんじゃないかな」

「え」

「見立ててもらったお礼がしたいと思ってたんだ。あと三色あるから三人分、色違いでちょうどいいんじゃないかな」

「まあおそろいの猫なんて嬉しいですわ。ありがとうございます」

ビアトリスが礼を言うと、続いてマーガレットとシャーロットも口々に礼を言った。

一瞬どきりとさせられたが、三人に、ということだったらしい。

婚約者のいる身で他の男性から一対一の贈り物を受けるのは、陶器の猫一つといえどもけして褒められた話ではないが、三人一緒なら特に問題はないだろう。

「じゃあ私はこの赤い猫で」

「じゃあ私は青い猫にしようかしら」

「私は白猫がいいわ、この目つきが可愛いもの」

ビアトリスは赤、マーガレットは青、シャーロットは白い猫をプレゼントしてもらうことになった。その後は画廊を冷やかしたり、文具店や骨董店を覗いたり、城下町をたっぷり満喫してから迎えの馬車で家路についた。

公爵邸に戻ったあと、ビアトリスは陶器の猫をさっそく自室の棚に飾った。

友人であるカインからのプレゼント。しかもマーガレットとシャーロットとのおそろいとくれば、二重の意味で良い記念になりそうだ。

(今日は楽しかったわね)

ビアトリスは猫を眺めながら、盛りだくさんだった一日を振り返った。美味しい杏とブルーベリーのタルト、素敵な小間物屋、皆に選んでもらった髪飾りに、プレゼントしてもらったおそろいの猫。城下町のそぞろ歩き、それから――

ふいにアーネストの憎悪に満ちた眼差しが蘇り、ぞくりと背筋に冷たいものが走った。楽しさに紛れて忘れていたが、あれは一体なんなのか。いつも冷静なアーネストが、ビアトリスに対してあれだけ感情をあらわにするのは滅多にないことである。

(なにか面倒なことにならなければいいけれど……)

ビアトリスはそう祈らずにはいられなかった。

不安は翌日になって的中した。なんとアーネストが公爵邸に直接押しかけて来たのである。

婚約したばかりのころは、アーネストは頻繁にビアトリスのもとを訪れては、一緒に庭を散策したり他愛ないおしゃべりを楽しんだりしたものだが、ここ数年は義務のない限り一切近づこうとしなかった。そのアーネストがせっかくの休日を潰してまでやってきたことは、否が応でもビアトリスの不安を掻き立てた。

「なんで俺がわざわざ来たのか、分かっているな?」

ビアトリスがサロンに入ると、アーネストは不機嫌さを隠しもせずに切り出した。

「大変申し訳ありませんが、私には心当たりがございません」

ビアトリスは相手を刺激しないよう、なるべく静かな口調で言った。

「とぼけるのはよせ。気付かれていないとでも思っていたのか？　昨日赤毛の男と一緒にいただろう」

「タルトのお店でのことでしたら、あそこには五人のグループで来ていたのです。彼と私の他に女生徒が二人、男子生徒が一人一緒におりました。やましいことはなにもありません」

「毎朝あずまやで逢引きしているとの噂も聞いているぞ。まさかと思って聞き流していたが……それも本当だったんだな？」

「向かい合ったベンチに腰かけて、普通におしゃべりしているだけです。あの通り壁もない開放的な場所ですし、逢引きという表現は不適当かと存じます」

「君は俺の婚約者なんだぞ。少しはわきまえたらどうなんだ」

まるで嫉妬でもしているかのような物言いに唖然とさせられる。あれだけ疎ましがっていた婚約者が、誰と仲良くしようとどうでもいい話だろうに。

（プライド、なのかしらね）

自分の所有物だと思っていた相手が、他の男と親しくすることが彼のプライドに障ったのだろう。アーネストの考えていることはよく分からないが、取りあえずそう思っておくことにする。

「もう一度申し上げますが、彼は単なるお友達です。会話するときはきちんと距離を保っていますし、王太子殿下の婚約者として、恥じるような真似はなに一つしておりません。昨日は五人のグループで一緒に出かけたのです。二人きりで出かけたことはただの一度もございません」

「たとえ他の人間がいようと、婚約者のいる身で親族でもない異性と共に出かけるのが問題だと言っている」

そんなマナーは聞いたことがない。

それでもかつてのビアトリスならば、マナー云々に関わらず、アーネストが嫌がっていると知れば即座にやめたことだろう。実際、今も心の中には「アーネストにこれ以上嫌われないために、もう二度と彼には会わないと今すぐ誓った方がいい」と主張する声がある。

しかしその一方で、ビアトリスはカインを失いたくなかった。長らく孤独だったビアトリスにとって、カインは大切な友人だ。マーガレットやシャーロットたちと同様に。

そもそも嫌われないための努力とはなんだろう。今までビアトリスは一切アーネストに逆らわず、彼の意に沿おうと必死だったにも関わらず、容赦なく嫌われたではないか。

「……私は問題視されるようなことではないと思います。それに親族でもない異性と一緒にいたのは、アーネストさまも同じではありませんか」

嫌味に聞こえるかもしれないが、これは当然の指摘だろう。少なくとも自分はあんな風に腕を絡めたりはしていない。

「マリアは生徒会のメンバーだ」

「もちろん存じておりますが、昨日出かけていたのは生徒会の仕事ではないでしょう？」

「君は俺が生徒会の人間と親睦を深めるのが気に入らないのか？」

「いえ、けしてそのような」

「もしかして、生徒会に選ばれなかったことを未だに根に持っているのか？」

ビアトリスは答えに窮した。

生徒会に選ばれなかったことに傷ついたのは事実だし、その傷がまだ完全に癒えていないのも事実である。とはいえ、それとこれとは別問題だ。

以前からアーネストときちんと話したいと思っていたが、こうして実際に話してみると、なにか絶望的にかみ合わないものを感じる。昔は視線を交わすだけで通じ合っていた気がするのだが。

どう答えるべきか考えあぐねていると、アーネストは意外な提案を持ち出してきた。

「分かった。それじゃ君に生徒会の手伝いをさせてやろう」

「はい？」

「雑務が多くて人手が足りないから、ちょうど手伝いを入れようと思っていたところだったんだ」

アーネストは「嬉しいだろう？」と言わんばかりの調子で、言葉を続けた。

「――その代わり、もうあの男とは関わるな」

「申し訳ありませんが、それは承服できません」

「なんだと？」

「彼は大切なお友達です。生徒会の手伝いはどなたか別の方にお申し付けください」

「……君は生徒会のメンバーに加わりたいんじゃなかったのか？」

「以前はそうでしたが、今はその、色々と忙しいので……もっと他にふさわしい方がいらっしゃると思います」

アーネストの言う通り、かつてのビアトリスは確かにそれを切望していた。アーネストに「雑用でもいいから手伝わせてほしい」と懇願し、にべもなく撥ねつけられたのは他ならぬビアトリス自身である。

しかし昨日の一団を見て、あの中に入りたいとはもはや微塵も思わなかった。あそこにビアトリスの居場所はない。彼女の居場所は、昨日一緒に出かけたメンバーの中にこそ存在する。

「あとから入れてくれと言ってきても遅いんだぞ」

「それはもちろん分かっております」

「勝手にしろ」

アーネストがようやく帰宅したあと、ビアトリスは深々と息をついた。

本当にこれで良かったのか、改めて己の胸に聞いてみても、やはり後悔は湧いてこなかった。

（それにしても）

あの当時のビアトリスの懇願に対し、「メンバーを増やすつもりはない。俺の婚約者だからと言って調子に乗るな」と言い放ったアーネストの蔑みの眼差しを、「俺に公私混同させるつもりか」と吐き捨てた口調の刺々《とげとげ》しさを、今も鮮明に記憶している。

それなのに今になってこんな理由で「それ」を投げ与えようとするとは思わなかった。あのときの自分が味わった羞恥と絶望は一体なんだったのだろう。

ビアトリスは婚約者に対する不信感が滓《おり》のように溜まっていくのを感じざるを得なかった。


翌朝、いつものようにあずまやに行くと、カインがオレンジを膝に乗せて、耳の後ろを撫でていた。オレンジは安心しきった様子で、うっとりと身をゆだねている。

（まあオレンジったら、カインさまにはああなのね）

ビアトリスはオレンジを驚かせないよう、小さな声で「お早うございます」と呼びかけた。

「朝から羨ましい光景ですわね」

カインは振り返ると、一瞬目を丸くしたのち、ほっとしたような笑みを浮かべた。

「良かった」

「え？」

「いや、もしかしたら、もう来ないんじゃないかと思ってたんだ」

「なぜですの？」

「一昨日あいつがすごい目で睨んできたからな、君になにか言うんじゃないかと」

「ええまあ、言われましたわね」

「俺に近づくなって？」

「ええ、そのようなことを色々と。……それで私、少し迷っておりますの」

「そうか……まあ正直な話、あいつと上手くやっていきたいなら、俺と関わるのは止めた方がいいかもな」

沈んだ声で言うカインに、ビアトリスは「いえ、あの方と上手くやっていくのは諦めたので、そちらはもういいんです」とあえてさばさばした口調で言った。

諦めた、というのは言いすぎにしても、彼の態度に一喜一憂するのが虚しくなったのは事実である。

「ただこうしてお会いすることが、カインさまの御迷惑になるのではないかと気になって」

「まさか。君と話すのは楽しいし、迷惑なはずがないだろう」

「ですが私と一緒にいると、カインさまがアーネストさまの不興を買うことにもなるかもしれません」

アーネストはビアトリス以外に対しては「気さくで優しい王太子殿下」なので、カインに対して圧力をかけるような真似はまずしないと思うが、万が一という可能性は否定できない。

自分とアーネストの確執にカインを巻き込むのは不本意だ。

しかしカインはビアトリスの懸念を、一言のもとに否定した。

「それは全く心配ない。あいつが俺になにかしてくることはないよ」

安心させようとしているというより、ただ事実を述べているだけといった口調だった。

それは王都からはるか遠くに、広大で豊かな領地を有するメリウェザー辺境伯家の自信によるものなのだろうか。

「それより君の方が心配だ。あいつの機嫌を損ねるような真似をして、君は本当に構わないのか？」

「本当に構いません。アーネストさまはどうせ私がなにをやっても気に入らないのですもの。あれこれ気をもむだけ無駄ですわ」

「ははっ、そりゃあいい」

ビアトリスの言葉に、カインはさもおかしそうに噴き出した。

「……しかし変わったな、君は」

「そうですか？」

「ああ、前はこう悲壮感が漂っていて、今にも折れてしまいそうだった」

「あのときはアーネストさまばかり見て、視野が狭くなっていたんです。アーネストさまに受け入れていただけなければ、自分にはなに一つ残らないような気がして必死でした。でもカインさまの言葉でふっと気が楽になって、改めて周囲を見回してみたら、学院には色んな方がいるって気づいたんです。おかげさまで、今は素敵なお友達ができました。マーガレットに、シャーロットに……それからカインさまも。だからアーネストさまにどんな風に思われても、一人じゃないから大丈夫って思えるようになりましたのよ」

「友達……か」

「図々しかったでしょうか。私はすっかりそのつもりだったのですけど」

「いや、嬉しいよ。うん、俺と君は友達だな。これからもよろしく頼むよ、ビアトリス」

「ええ、こちらこそ。カインさま」

顔を見合わせて笑い合う。

「それでは、そろそろ教室に戻りますわ。マーガレットたちも登校しているころですし」

そう言って、校舎の方へと視線を向けたビアトリスは思わず息をのんだ。

数メートル離れたところにアーネストが昏《くら》い目をして立っていた。

(なんでアーネストさまがこんなところに……まさか、わざわざ私たちの様子を見に来たの?)

アーネストはビアトリスとカインをしばらく無言で見つめていたが、やがてなにも言わずに踵を返して、校舎の方に立ち去って行った。

その様子になんともいえない不穏なものを感じて、ビアトリスは思わず身震いした。

カインは「あいつが俺になにかしてくることはない」と言っていたが、本当に大丈夫なのだろうか。

心配になってカインを見やると、彼はどこか憐れむような眼差しで、アーネストの後ろ姿を見つめていた。その静謐《せいひつ》な眼差しに、おそれは微塵も感じられない。

ふと、あれだけアーネストが必死だったのは、単に「ビアトリスが男性と一緒だったから」というだけではなく、他でもないカイン・メリウェザーと一緒だったからではないか、との考えがビアトリスの胸をかすめた。

アーネストは赤毛の男、などという言い方をしていたが、本当は彼のことを知っているのではないか。ビアトリスはそんな気がしてならなかった。

第四章 過去と未来

ビアトリス・ウォルトンの王妃教育は、去年の段階で既にほとんど終了している。ゆえに現在ビアトリスが王宮に通うのはせいぜい月に一度か二度のことであり、その内容もアメリア王妃が己の体験を踏まえて語る形式の、ごくゆるやかな内容へとシフトしていた。

ビアトリスはこれまでアメリア王妃とはまずまず良好な関係を築いてきた。それはウォルトン公爵令嬢という彼女の身分に加え、真面目で勉強熱心な態度が王妃のお気に召したからだろう。

しかしその日のアメリア王妃は、普段と少しばかり様子が違っていた。

一通りの講義が終わると、アメリア王妃はきつい眼差しで問いかけた。

「ところでビアトリスさん、貴方、あの子から生徒会の手伝いを頼まれたのに断ったそうね」

「はい、今は少し忙しいので」

カインの件をここで出す気にはなれず、ビアトリスは当たり障りのない返答をした。

「まあ、忙しいのはむしろアーネストの方でしょう？　王太子としてのお勉強に加え、生徒会のお仕事までやっているのだから。そのアーネストが手伝ってくれと頼んでいるのに、断るなんて一体どういう了見なのかしら。王妃にとって一番大切なお仕事はお世継ぎを産むことだけど、二番目に大切なお仕事は陛下をお傍で支えることなのよ？　未来の王妃になろうという人が、未来の国王を支える仕事を『忙しい』と言って断るなんて、到底考えられないことだわ。貴方、その辺りをどう考えているのかしら」

「……アーネストさまがおっしゃっていた仕事は、別に私でなければできないものではありませんでした。アーネストさまは大変人望がおありですから、自ら進んで手伝いたい生徒は大勢いますし、そういう方々の方が適任かと考えました」

「アーネストが貴方がふさわしいと選んだのでしょう？　なら貴方がそれに異を唱える理由がどこにあるのかしら。ねえ、こんなことはあまり言いたくないのだけど、貴方少し調子に乗っているのではなくて？　まさかとは思うけど、自分の力でアーネストが王太子になれた、などと勘違いしているのではないでしょうね」

「はい？」

「確かにウォルトン家は古い血を受け継ぐ名門だし、それを誇りに思うのはけして悪いことではないわ。だけどあくまで臣下は臣下なのだから、そこはきちんとわきまえなきゃ、ね？　貴方はそれをきちんと理解している賢いお嬢さんだと思っていたのだけど、私の勘違いだったのかしら」

「それはもちろん、わきまえております」

「本当にそうかしら。数多いる令嬢の中から、貴方がアーネストの婚約者に選ばれたこと、それは望外の幸運なのよ？　まずはそこに感謝しなくてはいけないのに、当たり前のように思っては

「――」

「母上、あまり余計なことを言わないでください」

王妃の饒舌を遮ったのは、他でもない王太子アーネストその人だった。

「生徒会の件は俺と彼女の問題ですから、母上に心配していただく必要はありませんよ」

部屋に入ってきたアーネストは、王妃に対して苦笑するようにそう告げた。

「まあアーネスト、なぜ貴方がここに？」

「婚約者をお茶に誘いに来たんです。王妃教育はそろそろ終了の時間でしょう？　トリシァを借りて行きたいのですが、構いませんよね、母上」

「……仕方ないわね」

愛する息子にそう言われて、王妃はため息とともに引き下がった。

アーネストは唖然としているビアトリスの方に向き直ると、穏やかに微笑みかけた。

「――トリシァ、お茶の誘いに来たよ」

まるで幼いころの優しい王子さまそのままに。


王宮にあるサンルームは、幼いころからビアトリスのお気に入りの場所だった。

かつては王妃教育の終了後、アーネストと共にこの部屋でお菓子を食べながらおしゃべりをするのが恒例であり、ビアトリスはそれを楽しみに日々の王妃教育を頑張っていたものである。

関係が悪化したあとは、そんな習慣はあっさり廃《すた》れてしまったが。

「ここで君とお茶をするのも久しぶりだな」

「はい」

なんだか落ち着かない気分で、ビアトリスは目の前の紅茶に口をつけた。口腔内に広がる爽やかな風味は、ビアトリスが幼いころから好んでいる北方産紅茶の特徴だ。テーブルの中央には大皿が置かれ、色とりどりのタルトが華やかに並べられていた。

「あの店のタルトを買いに行かせたんだよ。とても美味しかったから、トリシァと一緒に食べたいと思ってね」

「それは……ありがとうございます」

「さあ、好きなものをどうぞ、お姫さま。俺はこの前、桃のタルトを食べたが美味かったよ」

「じゃあ、今日はそれをいただきます」

「トリシァは前はなにを食べたんだ？」

「私は杏とブルーベリーをいただきました。どちらも美味しかったです」

「ふうん、二種類食べたのか」

「はい」

カインに分けて貰ったことに気づいたのか、一瞬アーネストから表情が消えたが、すぐに元のにこやかな笑顔へと戻った。

「じゃあ、俺は杏にしてみるよ」

アーネストは杏のタルトを口にして、「うん、こいつは美味いな」と破顔した。ビアトリスもつられるように桃のタルトを口にしたものの、緊張で味がしなかった。

この状況はなんなのか。

表情も物言いも、まるでかつてのアーネストを丁寧になぞっているかのようだが、かつてのような屈託のなさや親密さはまるで感じられず、なにもかもが作り物臭くて不自然だ。

「ところでさっきのことなんだが、母が余計なことを言ったようで悪かったな。君に断られたことをつい漏らしてしまったら、なんだか大げさにとらえられてしまったようなんだ」

「いえそんな、気になさらないでください」

「ありがとう。相変わらずトリシァは優しいな。――それで、その生徒会の手伝いについてだが、改めて君に頼みたいと思っているんだ」

「本当に申し訳ありませんが、その件についてはやはり承服できません」

「いや誤解しないでくれ、もう君の交友関係に口を出すつもりはない。この前君たちの話しているところを偶然見かけたんだが、確かにいかがわしい雰囲気ではなかったな。聞くところによれば、あの赤毛の青年はなかなか優秀な学生のようだし、友達として付き合う分には別に問題はないだろう」

「はあ」

認めてくださってありがとうございますと言うのもおかしな気がして、ビアトリスは曖昧な微笑を浮かべた。

　あのときのアーネストの昏い眼差しと、今の科白がどうにも頭の中で結びつかず、違和感ばかりが積もっていく。

「今回申し出ているのは、前とは全く別の話だ。なにかとの引き換えではなく、ただ単に人手が足りないから、君に手伝ってほしいんだよ」

「失礼ですが、なぜ私なのでしょう。私よりもっと適した方がいらっしゃるのではないでしょうか」

　先ほど王妃にも伝えた通り、アーネストは学院内で人望があるし、進んで彼の役に立ちたいと考える生徒は大勢いる。また手伝いという形であっても、王立学院の生徒会に参加することで己の経歴に箔が付くと考える下級貴族もいるだろう。

　あえてビアトリスに頼まねばならない理由なんてどこにもない。

「なにを言っているんだ、君は成績上位者で優等生だろう？　君より適任はいないくらいだ。……いや適任かどうかは関係ないな。俺がトリシァに近くで手伝ってもらいたいんだ。駄目だろうか」

　アーネストの訴えるような眼差しに、ビアトリスは思わず視線を落とした。

　あのアーネストが、ビアトリスに対して「近くで自分を手伝ってほしい」と懇願している。かつてのビアトリスならば感激の涙とともに、二つ返事で引き受けていたに違いない。しかし今のビアトリスは、とてもそんな気持ちにはなれなかった。

アーネストの意図が読めなくて不安だし、今からあのメンバーに加わって自分が馴染めるとは思えないし、一度不適格の烙印を押された人間が、こんな形で加わることに対する周囲の反応も気にかかる。加えて言うなら、せっかくできた友人たちとの時間が削られるのも不本意だ。

とはいえこうして真正面から懇願されたことを、ただ単に「やりたくないから」という理由で断るのは、やはりためらわれるものがあった。関係改善を諦めたとはいえ、なにも自分から喧嘩を売りたいわけではないのである。

「……少し考えさせていただけますか」

「ああ、もちろん、君の気持ちが固まるまでいくらでも待つよ」

その後はしばらく当たり障りのない会話を続けたのち、二人のお茶会はお開きになった。

アーネストは終始穏やかな笑顔で、かつてのような優しい王子さまを演じ続けた。

その笑顔の裏でなにを考えているのかは、最後まで分からないままだった。


「今日は帰るのが遅かったようだが、王妃教育が長引いたのか？」

夕食の席で、ビアトリスの父、アルフォンス・ウォルトン公爵が問いかけた。母の体調が良くなったこともあり、父は昨日からタウンハウスに滞在している。王都で済ませておくべき仕事があるらしく、当分の間はこちらにいるとのことだった。

「王妃教育はいつも通りだったんですが、終わったあとでアーネストさまとサンルームでお茶をいただきましたの」

「そうか。相変わらず仲睦まじいようで安心したよ」

アルフォンスは嬉しげに微笑んだ。

彼は元々物静かな学者肌で、あまり社交界を好まない。加えて病弱な妻のために、ここ数年はほとんど領地で暮らしているため、ビアトリスを取り巻く状況についてはなにも知らないままだった。アーネストとは幼いころから変わることなく良好な関係を保っていると、今でも信じ込んでいる。

それはビアトリスの方が、優しい両親に心配をかけたくない、情けない現状を知られたくないとの思いから、あえて伝えなかったためでもある。知られる前に自分でなんとかしたいと思いつつ、結局なんの手も打てないままに、今日までずるずるきてしまった。

「昔のお前はよく殿下とあのサンルームで飽きもせずに何時間も話し込んでいただろう。一度だけ陛下と一緒にこっそり様子を覗きに行ったことがあったんだが、幼いお前たちが『この国はどうあるべきか』なんて真剣に語り合ってる姿がなんとも微笑ましくてね」

「まあ、お父さまに見られていたなんて、恥ずかしいですわ」

（そういえば、あのころはそうだったわね）

幼いころの自分たちは、習いたての知識をもとに、政治や社会問題について語り合うのを楽しんでいた。

ビアトリスは専《もっぱ》ら聞き役で、感心しながらアーネストの意見に同調することが多かったが、ときには「でも私はこうした方が良いような気がしますの」と反論することもあった。

当時のアーネストは素直でおっとりした少年で、ビアトリスになにを言われても気を悪くすることもなく、「なるほどな、確かにそういう面はある」「僕はそんなこと気づかなかったよ、すごいなトリシァは」と喜んでいた。

それがいつからか、変わってしまった。


——君は自分を偉いと思っているのか？


いつだったか、ビアトリスがふと思いついた己の意見を言ったとき、アーネストは地を這うような低い声でそう言ったことがあった。

ビアトリスは優しいアーネストを怒らせてしまったことがショックで、「申し訳ありません。そんなつもりはありませんでした」と何度も泣きながら謝罪した。アーネストが「もういいよ」と笑顔を見せてくれるまで、何度も何度も。

やがてアーネストはビアトリスに反論されることに過敏に反応するようになり、ビアトリスに対して明確に上下関係をつけたがるようになっていった。そして楽しかったサロンでのおしゃべりは精彩を失い、やがて消滅した。

たぶんあのときになにかあったのだ。彼を変えてしまうような、酷く忌まわしい出来事が。

（……まあ今こんなことを考えても仕方がないわね）

重要なのは過去よりも未来だ。

アーネストとのことをどうするか。

自分はアーネストとこの先どうなりたいか。

結論が出ないまま、ビアトリスはその晩眠りについた。


翌日。登校してきたマーガレットからちょっとしたニュースがもたらされた。なんでも彼女は兄の友人である伯爵家の嫡男に申し込まれて、正式に婚約することになったらしい。

「兄に輪をかけて熊みたいな人なのよ」

マーガレットは照れたように言った。

「でもとても優しくて感じがいいし、私のことを前から好きだったって言うから、まあいいかなって」

「おめでとう、素敵じゃないのマーガレット」

「お兄さまのお友達ならお人柄も安心ね。おめでとうマーガレット」

二人が口々に祝福の言葉を贈ると、マーガレットは「ありがとう」と頬を染めた。

それから三人は、彼の実家の領地は海に面していて、海辺に素敵なお城があるとか、フェラーズ一家は次の長期休暇に家族ぐるみでそこに招待されているとか、彼に「海に沈む夕日がすごく綺麗なので、貴方にもお見せしたいです」と言われたとかいう話で盛り上がった。

「まあマーガレットったら、すごくロマンティックなプロポーズじゃないの。態なんて言ったら罰が当たるわよ」

シャーロットが冷やかすように言った。

「やだわプロポーズだなんて大げさな、単なるお国自慢じゃないの」

「あら、いずれ領主になるべき殿方が、女性に領地の美しい風景を見せたいっていうのは、最高のプロポーズだと思うわよ。ねえビアトリスはどう思う?」

「そうね。その方は自分の領地を愛する女性にも好きになってほしいんじゃないかしら」

「そうなのかしら。貴方たちにそう言われると、なんだかそんな気になってしまうわ」

「絶対そうよ。ねえマーガレット、お城からも海は見えるのかしら」

「ええもちろん。海の見える客間も何室かあるって聞いたわ。結婚したら貴方たちもご招待させてね」

「ええ、絶対行くわ」

「楽しみだわ。部屋でゆっくり紅茶を飲みながら海を眺めたら素敵でしょうね」

「あら、果実酒がいいわ。そのころならもうお酒が飲める年だもの」

二人と一緒にはしゃぎながらも、ビアトリスは内心複雑だった。マーガレットの話を聞いていると、否が応でも、卒業後のことを意識せざるを得なかった。

友人たちと送る学院生活は心地よいが、永遠に続くわけではない。来年になればカインは既に学院にいないし、再来年になれば自分たちも卒業だ。マーガレットたちはそれぞれの婚約者と、ビアトリスはアーネストと結婚することになるだろう。

アーネストとビアトリスが今のような状態のまま王太子夫妻となって公務を行うことは、けして望ましいことではない。アーネストの方もそれが分かっているから、内心はどうあれ、態度を改めようとしているのではないか。

（……アーネストさまは私とやり直したいとお考えなのかしら）

これまでに何度か頭に浮かび、そのたびにそんなはずはないと打ち消してきた可能性を改めて検討してみる。

ビアトリスが生徒会役員に選ばれなかったこと、あれは言うなれば、ビアトリスとアーネストの不仲を象徴する出来事だ。アーネストは変則な形とは言え、ビアトリスを生徒会に参加させることで、それを修正するつもりなのではないか。過去の彼をなぞるかのような穏やかな言動も、過去のような関係に戻ろうという努力の表れなのかもしれない。

なぜ今になってという思いはあるが、彼の方から歩み寄ろうとしているならば、それを拒むべきではないだろう。

先日の優しいアーネストは、やはりどこか作り物じみていて、違和感ばかりが先に立った。しかし最初は単なる真似事だとしても、そのまま続けていくうちに、やがて互いにしっくりと馴染んでいくようになるかもしれない。そしていずれ本当に仲睦まじい夫婦になって、「あのころの貴方は本当に意地悪でしたわね」なんて、全てを冗談にしてしまえる未来が来るのかもしれない。
また子供のころのように、笑い合って励まし合って、共に進むことができる、そんな未来が。

三日間悩んだのち、ビアトリスは、「私でよろしければお引き受けいたします」とアーネストに伝えた。しかしながらビアトリスは、ほどなくして己の判断の甘さを思い知らされることになる。

第五章　アーネストと生徒会役員たち

アーネストはビアトリスと生徒会メンバーを引き合わせると、てきぱきと両者を紹介した。

「みんな、知っていると思うが、ビアトリス・ウォルトンだ。今日から生徒会の手伝いに入ってもらうことになった。トリシア、副会長のマリア・アドラーに、書記のシリル・パーマー、会計のウィリアム・ウェッジ、庶務のレオナルド・シンクレアだ」

「ビアトリス・ウォルトンです。よろしくお願いします」

生徒会役員たちもそれぞれ挨拶を返したが、わずかでも笑みを見せたのは書記のシリルくらいのもので、会計のウィリアムは無表情だし、庶務のレオナルドは憮然としている。副会長のマリアに至っては、露骨に睨みつけてきた。

アーネストはビアトリスが手伝いに入ることについて「皆快く承諾してくれた」と語っていたが、具体的にどんなやり取りがあったのだろうか。

（覚悟はしていたけど、やっぱり歓迎されてない感じよね）

彼らにとってビアトリスは、仲良し集団に割って入った無粋な闖入者《ちんにゅうしゃ》なのだろう。いたたまれない気持ちになりかけたとき、ふっと今朝がたカインと交わした会話が蘇った。

ビアトリスが不安な気持ちを漏らしたとき、カインは諭すようにこう言った。

――君はただ生徒会長に頼まれて手伝いに入っただけだろう。生徒会役員が不満に思ったとしても、それをぶつけるべき相手は会長であって君じゃない。もし君に対して不快な態度を取る奴がいたら、それはただの八つ当たりだ。

(そうですわね、カインさま)

この状況を招いたのは、彼らの慕う会長のアーネストであってビアトリスではない。自分を睨みつけてくる役員は、道理をわきまえない子供なのだ。そう思っておくことにする。

「それじゃビアトリス、この書類を項目ごとに仕分けしてくれないか」

アーネストがビアトリスにさっそく仕事を振ってきた。

「分かりました」

「それが終わったら、次はこの書類の誤字をチェックして――」

手伝いが必要だというのは本当らしく、こまごました事務仕事が実に多い。言われるままに作業を次々と片付けていくと、書記のシリル・パーマー――細身で眼鏡をかけた青年――が「助かります」と小声で礼を言ってきた。

彼は宰相の息子であり、本人もいずれは即位したアーネストの右腕になることを希望しているらしいので、仮にも未来の王妃であるビアトリスと敵対したくない計算もあるのかもしれない。

会計のウィリアム・ウェッジ――小柄で童顔だが一学年上の上級生――は我関せずといった様子だったが、彼が休憩で淹れたお茶に対して、ビアトリスが「東方産のお茶ですわね」と言ったとたんに態度が変わった。

「そうなんだよ。僕が実家から持ち込んだ茶葉なんだけど、ここには味が分かる奴いなくてさ。それを一口飲んで気づくとは、いやぁさすがウォルトン家の御令嬢だね」

なんでもウィリアムの実家は茶葉の輸入で成り上がった大商人で、彼もお茶に対しては特別なこだわりを持っているらしい。その後は地方ごとのお茶の特徴などについて盛り上がり、多少打ち解けたところで作業内容の疑問点についていくつか提案したところ、感心したように耳を傾けてくれた。

一方、庶務のレオナルド・シンクレア――大柄で筋肉質な青年――は終始仏頂面で、ビアトリスに対しては不機嫌な様子をまるで隠そうともしなかった。とはいえ、具体的になにを言ってくるわけでもないので、ビアトリスは気づかないふりでやり過ごした。

そしてマリア・アドラー副会長――ストロベリーブロンドの小柄な美少女――に至っては、ビアトリスには敵意に満ちた眼差しを送る一方で、まるで挑発するようにアーネストの腕や肩に触れながら、甘くまとわりついて見せた。

「ねえアーネストさま、ちょっとこれ見てほしいんですよ、ほらこれ！」

どういう意図があるのかは、あまり考えたくはない。

そして色々と神経を使いながらも、その日の生徒会業務は終了した。

自宅通学はビアトリスの他にはアーネストだけだったので、自然と二人で連れ立って馬車のところまで歩くことになった。

既に日はとっぷり暮れており、空には白銀の月がかかっている。

連れ立って歩く道すがら、アーネストは相変わらずの柔らかな笑みを浮かべて言った。

「今日はありがとう、助かったよ」

「いえ、お役に立てたのなら幸いです」

「シリルも感心してたよ。呑み込みが早いし仕事が正確だって。ウィリアムも王妃になるんじゃなければうちの商会に欲しいくらいだと言っていたな」

「それはようございました」

「レオナルドも君の手際の良さに文句のつけようもなかったみたいだな。そしてマリアは……まあ基本的には人懐っこい子だし、君ともおいおい打ち解けると思うよ」

「彼女は私がいることが気に入らないようですね」

「いやそんなことはないだろう。ああもしかして、彼女の態度からなにか誤解したのかもしれないけど、俺と彼女は別になにもないよ。マリアはちょっと人との距離が近いところがあってね、俺も困っているんだが」

「大丈夫ですわ。私は気にしていませんから」

「そうか」

少し、間が空いた。

「やっぱりビアトリスが俺の隣にいるのはとてもしっくりくるな。君とは行き違いもあったけど、仲良くやっていきたいと思ってるんだ。どうかこれからもよろしく頼むよ」

「……こちらこそよろしくお願いします」

「そういえば、髪型を変えたんだな」

「はい。ちょっと気分転換に」

「ふうん……結い上げてるのも似合うけど、俺はやっぱり下ろしてる方が好きだな」

その言葉に、ビアトリスは心臓がどくりと跳ねるのを感じた。もしかして、彼は幼いころの言葉を覚えているのだろうか。アーネストが「トリシァは変に飾り立てずにそのまま下ろしているのが一番可愛いと思うな」と告げて、ビアトリスが「じゃあこれからはずっと下ろすことにしますね！」と答えた、あの他愛もないやり取りを。

じゃあ、また下ろすことにしますね――ビアトリスはこみ上げる懐かしさのままに、そう口にした、否、口にしようとした。

それを遮ったのは、今の髪型にまつわる記憶だった。マーガレットとシャーロットの熱心なアドバイス。カインの照れ臭そうな賞賛。そしてなによりも、鏡を見るたびに胸に沸き起こる高揚感――自分は今とても似合う髪型をしているのだ、という心地よさ。

「……そうですか。でも私はこの髪型が気に入っているんですの」

ビアトリスは少しためらったのち、笑顔でそう言い切った。

アーネストはふいと目をそらすと、「――まあ君が決めることだけどな」とつぶやいた。

「それじゃあ、また明日」

「はい、それでは失礼します」

アーネストと別れて迎えの馬車に乗り込むと、ビアトリスはほうと息をついた。

思っていた以上に消耗したのは、敵意に満ちたマリアとレオナルドのせいか、あるいは友好的なアーネストのせいか、自分でもよく分からなかった。


色々と気疲れすることは多かったが、それから数日は滞りなくときが過ぎた。

相変わらずマリアとレオナルドは敵意を隠さないものの、特に衝突するようなこともなく、シリルとウィリアムからは事務作業についてあれこれ意見を求められるようになった。

アーネストとは毎回のように馬車のところまで一緒に帰った。相変わらず会話はぎこちないものの、ときには幼いころの思い出話で盛り上がることもあった。

貴婦人の幽霊が出るという西塔に二人で探検に行ったこと。古い地図を眺めながら、かつてあった古代帝国についてあれこれと空想を巡らしたこと。二人で練習したダンス。二人で大真面目に作った「行政機構改革案」。

アーネストは驚くくらいに昔のことをよく覚えていた。ビアトリスはそのことに温かい気持ちになる反面、そこまで過去を記憶しているなら、一体どういうつもりで「ビアトリスは実家の力で強引に婚約者におさまった」などと言ったのか、問い質したい気持ちに駆られることもしばしばだった。

しかし楽しそうに目を細めるアーネストを見ていると、今になって騒ぎ立てるのもためらわれた。陰でどう言われているかは知らないが、ビアトリスが生徒会入りして以降、彼女に対するあからさまな嘲笑は止んでいる。それはやはり歓迎すべきことなのだろう。

そしてこのまま馴染んでいくのかと思った矢先に、事件は起きた。

案の定というべきか、そのきっかけとなったのは、マリア・アドラー副会長だった。

それはアーネストが院長室に呼ばれて席を外しているときのことだった。

「ねえねえ、今度の週末はサーカスを見に行かない？　西方一のサーカス団が来てるんだって。魔獣の曲芸がすっごく面白かったってお友達も言ってるの」

マリアが甘ったるい声で生徒会室を見回しながら言うと、レオナルドが「おうサーカスか、面白そうじゃねぇか」と賛同の声を上げた。

「僕たちは月に一度くらいは、親睦のために一緒に出かけてるんですよ」

シリルが横からビアトリスに説明する。

「残念ながらアーネスト殿下は次回は参加できないんですが、もしそれでも良かったら――」

「あ、ウォルトンさんはお留守番をお願いしますね！」

マリアが笑顔でこちらに振り返って言った。ハシバミ色の目が意地悪そうに輝いている。

「マリア、生徒会の親睦を深めるのが目的なんだから、入ったばかりの彼女こそ誘うべきなんじゃないの？」

ウィリアムがおっとりと指摘した。

「そうですよ。ビアトリス嬢も生徒会の一員なんですから、こういうところで疎外するのは良くありません」

シリルも彼に加勢する。

「あの、私は別に構いませんから」

週末はマーガレットとシャーロットと三人で展覧会に行こうという話が出ている。シャーロットの知り合いが出展しているということだし、できればそちらを優先したい。

「ほら、ウォルトンさんもこう言ってるでしょ。この人のお目当てはアーネストさまだけなんだから、私たちと親睦を深めたって意味ないのよ」

「お目当て？」

「あら、とぼけなくてもいいんですよ。ウォルトンさんはアーネストさまの傍にいたいから、雑用係でいいから生徒会メンバーに入れてほしいって強引に頼み込んだんでしょう？」

「よしなさいマリア」

「止めないでシリル。こういうことははっきり言った方がいいのよ」

「待ってください。私が強引に頼み込んだと、アーネストさまがそうおっしゃっていたんですか？」

「はっきりとは言ってないけど、それくらい考えれば分かります！」

「……アーネストさまは私の加入について、具体的にはなんとおっしゃっていたんですか？」

ビアトリスがシリルに問いかけると、彼は「殿下はただ、ビアトリスに手伝いをやってもらうことになったとだけおっしゃってましたが」と困惑した様子で言った。

「みんなも不満はあるだろうが、彼女と上手くやってほしい、とも言ってたね」

ウィリアムが横から言い添える。

ビアトリスはため息をついた。マリアの無礼な態度は不快極まりないものだが、彼女がそういう考えに至る経緯は十分に理解できることだった。これはきちんと説明しなかったアーネストの責任だろう。

「私はアーネストさまに頼まれたので、手伝いをお引き受けしたんです。私の方から手伝わせてほしいと申し上げたわけではありません」

「なにを白々しいこと言ってるんですか？　貴方が生徒会の手伝いをやらせてくれってアーネストさまにしつこく頼み込んでたことなんて、学院中が知ってますよ？」

「確かに以前はお願いしたこともありました。しかし断られたので諦めましたし、今は特に興味もありません。繰り返しますが、アーネストさまからご依頼があったので、私でお役に立てるならとお受けしただけです」

「そんなこと、誰も信じねぇよ」

　ぼそりと言ったのはレオナルドだ。

「そうかなぁ、手伝いが欲しいってのは前からみんな言ってたんだし、殿下が知り合いに頼むのもそんなに不自然じゃないんじゃないの」

「なに言ってるのよウィリアム、単なる知り合いじゃあないでしょう。ウォルトンさんは優しいアーネストさまが唯一苦手にしている相手なのよ？　苦手な相手にわざわざ頼むなんてどう考えたって不自然じゃないの」

「みんな、一体なにを揉めてるんだ？」

　戻ってきたアーネストの声に、皆が一斉に振り向いた。

　すかさずマリアが駆け寄って行く。

「アーネストさま、ウォルトンさんが変なことを言うんです！　アーネストさまが『頼むから生徒会の仕事を手伝ってほしい』って、自分にお願いしてきたって」

「……トリシァがそんなことを？」

「ほら、やっぱり嘘なんじゃないですか！」

「アーネスト殿下、実際のところ、手伝いの話は殿下とビアトリス嬢のどちらが言い出されたことなんですか？」

シリルがためらいがちに問いかける。

「それは……そんなことどうでもいいだろう。もう決まったことだし、今さらごちゃごちゃ言うことになんの意味がある。現に今トリシァは役に立っているんだろう？」

「はい、それはもう」

「それならなんの問題もない」

「そうやってアーネストさまが優しくするから、ウォルトンさんがつけあがるんじゃありませんか？」

「マリア、もうやめとけ」

「レオナルドまでそんなこと言うの？」

「俺だって納得いかねぇよ。でもここで殿下を困らせても仕方ねぇだろ」

「分かったわ……」

マリアは悔しげに唇を噛んで黙り込んだ。

これは一体なんの茶番か。

アーネストの方を見やると、彼は明らかに安堵の表情を浮かべていた。

（ああ、そういう――）

ビアトリスはアーネストの心情がなんとなく理解できた気がした。

なにがきっかけかは知らないが、アーネストはビアトリスとの関係改善を望んでいる。それはまず間違いのないことだろう。ビアトリスを生徒会に誘ったことも、おそらくはその一環だ。

ただ彼は、自分が関係改善に動いていることを他人に知られるのは嫌なのだ。

関係改善を望んでいるのはあくまでビアトリス・ウォルトンの方で、「お優しい王太子殿下」であるアーネストは、必死にすがりつく婚約者を無下にできずにほだされた、という形にしたいのだ。

思えばアーネストが積極的に話しかけてきたのはいつだって、ビアトリスと二人きりのときだった。

今まであれだけ邪険にしてきたビアトリスに、手のひらを返して擦りよっていくのは、虫が良すぎてみっともない。それを他人に知られるのはきまりが悪い。それくらいならビアトリスに泥をかぶせた方がいい。今さらビアトリスの悪評が一つや二つ増えたところで、どうということはないのだし！

そう、彼の心情は十分に理解できるものだった。

とはいえ、ビアトリスがそれを許容できるかは別問題だ。

「私はアーネストさまのご依頼を受けて、手伝いに参っただけです。必要ないとおっしゃるのなら帰ります」

「トリシァ、もう終わった話を蒸し返すな」

アーネストが苛立たしげに言った。

以前ならば、ビアトリスはそこで口をつぐんでいただろう。彼の機嫌を損ねるくらいなら、自分が泥をかぶった方がいいと。そうやって己をないがしろにし続けた結果、一人あずまやで泣く羽目になった。

「なにも終わっておりません。アーネストさまが私の手伝いをご所望なら、それをはっきりと役員の皆さんに示してください。私の希望ではなく、あくまでアーネストさまのご希望であると。示していただけないのなら、これ以上のお手伝いはいたしかねます」

ビアトリスは静かにそう言って、相手の出方を待ち受けた。

アーネストは答えない。

しばらくの間、二人は無言で見つめ合った。

「……ご所望ではないようなので、私はこれで失礼いたします。それでは皆さま、ごきげんよう」

ビアトリスは一礼すると生徒会室をあとにした。


廊下を数メートル歩いたところで、追いかけてきた人物に後ろから肩を掴まれた。

振り返ると案の定、アーネストが怒りに満ちた表情を浮かべて立っていた。

「どういうつもりだ」

「なにがでしょう」

「こんな騒ぎを起こして」

「起こしたのは副会長です。彼女がおかしなことを言ってきたので、私は反論しただけです」

「……マリアの言うことは気にしなくていい。あいつは少し思い込みの激しいところがあるんだ」

「それをご本人の前でおっしゃってください」

「わがままを言うな」

「わがままでしょうか」

「ったく、優しくしてやればつけあがって……」

つぶやく声に、胸の奥がすうと冷たくなるような心地がする。

ああこの人は、ビアトリスに優しく「してやった」認識なのだ。

アーネストにとってビアトリスに優しくすることは、特別な恩恵を施すのと同義なのだ。

幼いころのアーネストは、息をするように自然な優しさをふりまいていたというのに。

君はなにも悪くない、とカインは言った。

しかしここまでアーネストを歪ませた責任の一端は、間違いなくビアトリスにあるだろう。どんな酷い仕打ちにもただ黙々と耐え続け、少しでも好意を示されれば大喜びで尻尾を振って飛びついていた、かつてのビアトリス自身に。

「君はいずれ王妃になる立場だろう？　この程度のことを受け流せないようでは、この先やっていけないぞ」

「では私が生徒会入りをアーネストさまに強引に頼み込んだと言われたときに、肯定すればよろしかったのでしょうか」

「……誰もそんなことは言ってないだろう」

「では、私はどうすればよろしかったのでしょう」

アーネストはビアトリスの質問に答えることなく、ただ吐き捨てるように言った。

「……君は変わったな」

「そうかもしれませんわね」

アーネストもカインと同じことを言う。してみれば、自分は本当に変わったのだろう。

かつての自分にはアーネストしかいなかった。アーネストが世界の全てだったし、彼に見捨てられたら自分にはなにも残らないと思っていた。だけど今の自分には休日一緒に展覧会に行く友達がいる。変わったというのは、つまりそういうことだろう。


――私の知り合いの画家が出展してるの。すごく素敵な絵を描く人なのよ。展覧会を見たあとで貴方たちにも紹介するわね。


昨日のシャーロットを思い出し、ふと頬を緩ませたビアトリスをなんと思ったか、アーネストは昏い瞳でつぶやいた。

「……あいつのせいか？」

「はい？」

「あいつが君を変えたのか？」

「あの、なにをおっしゃってるんですか？」

アーネストはおもむろに両の手のひらでビアトリスの頭を挟み込んだ。

「この髪型も、あいつの好みか？」

「やめてください」

「俺よりも、あいつがいいのか？」

「離してください、離して……」

「答えろ、君は誰の婚約者だ？」

「それはもちろん、アーネストさ……」

アーネストの顔が近づいてくる。

怒りに燃える双眸が間近に迫り、顔に生温かい息がかかる。

口づけされる、と思った瞬間、ビアトリスはとっさに相手を突き飛ばしていた。

心臓がどくどくと音を立てている。

視線を上げると、アーネストが呆然とした表情でこちらを見つめていた。

「トリシァ……」

「あの、申し訳ございません。私、少しびっくりしたので……」

ビアトリスは無意識のうちに後ずさりして、アーネストと距離を取った。

「トリシァ、俺は」

「申し訳ございません！　気分がすぐれないので失礼します」

「待てトリシァ！」

身をひるがえしてアーネストに背を向けると、呼び止める声に構わず足を動かした。

アーネストは、今度は追ってこなかった。


気が付けばいつものあずまやに来ていた。

カインはいない。

今は放課後だ。いるわけがない。

（なにをやっているのかしらね、私は）

ビアトリスは己の情けなさに苦笑いを浮かべた。

あの程度のことで恐慌状態になって、アーネストを突き飛ばして逃げるとは、我ながらなんという醜態だろうか。

客観的に見れば、アーネストは別に無体な真似をしたわけではない。なんといっても自分たちは婚約者同士だ。結婚まで清らかな身でいるのは当然としても、これくらいの触れ合いならば一般に許される範疇だろう。ビアトリスだって、アーネストとの幸せな口づけを思い描いたことがないとはいえない。

それなのに、突き飛ばしてしまった。

王族で、八歳のころからの婚約者であるアーネストを。

だって恐ろしかったから。

先ほどの彼の異様な言動が耳に生々しく蘇る。

アーネストの言う「あいつ」とは間違いなくカインのことだろう。

アーネストはカインを憎んでいる。それでいて酷く恐れている。

二人の間に一体なにがあったのか。

悶々としたまま座り込んでいると、ふと足に温かいものを感じた。見ると猫のオレンジがビアトリスの足に身体をこすりつけていた。

「まあ、慰めてくれているの？」

オレンジはにゃあんと鳴くと、ひょいと膝に飛び乗ってきた。ビアトリスがおそるおそる指先で触れると、その毛並みは思った以上にふわふわしていて柔らかい。オレンジはビアトリスの手を嫌がらずにうっとりと目を細め、ごろごろと喉を鳴らし始めた。

（猫ってこんなにふわふわしていて温かいのね）

しばらく撫でられて満足したのか、オレンジはまたひょいと膝から降りると、茂みの向こうに立ち去って行った。

ビアトリスもベンチから立ち上がると、あずまやを出て馬車の方へと向かった。

日が落ちて夕暮れ空に星が輝き出していた。


翌日。登校したビアトリスは、いつものあずまやでカインと会い、「ちょっと揉めたので、生徒会はやめることになりましたの」と伝えた。

「揉めたって、一体なにがあったんだ？」

「大したことじゃありませんわ。ただ私が生徒会入りした経緯について、他の生徒会の方々と認識のずれがあったと言いますか、なぜか私がアーネストさまに頼んで無理やり入ったことになっているようだったので、続けるのが虚しくなってしまいましたの」

「それは酷い話だな」

「ええ、さすがに腹が立ちましたわ」

「それで、君が手伝いを辞めることを、あいつはすんなり了承したのか？」

心配そうに尋ねるカインに、ビアトリスはふいに、昨日のことをなにもかも打ち明けてしまいたい、打ち明けて、カインとアーネストの間になにがあったのか問い質したいという激しい衝動に襲われた。

あの昏い眼差し、あの言葉。二人の間に一体なにがあったのか。

聞けばカインは教えてくれるだろう。その内容はおそらく彼が以前「君には聞く権利がある」

と言っていた話と関連している。しかし話すことと引き換えに、もうこんな風に会ってはくれなくなるような気もしていた。

「アーネストさまは了承したくないご様子でしたけど、強引に辞めてきましたわ」

ビアトリスがあくまで明るい調子で言うと、カインは「そうか」とほっと息をついた。


マーガレットとシャーロットは生徒会を辞めたことを大いに歓迎してくれた。

「良かったわ、なんだかビアトリスを取られちゃったみたいで、ちょっと悔しかったのよ」

とはマーガレットの弁である。

彼女らはビアトリスに気を使っているのか、ビアトリスとアーネストの複雑な関係についてはほとんど触れることはない。もしかすると、ビアトリスの方から相談するのを待っているのかもしれない。

そしてそのアーネストはといえば、あれ以来まるで接触してこなくなった。

王太子を突き飛ばしたことについても不問にされたようでほっとしたが、考えてみればあのプライドの高いアーネストが、あんな醜態を表ざたにするはずがなかった。

(忘れましょう、あのときのアーネストさまはきっとどうかしていたんだわ)

アーネストの方も今頃はあの件を恥じ入って、なかったことにしたがっているに違いない。ビアトリスはそう結論付けて、全て忘れることにした。

第六章　アーネストの変調と女流画家

週末は以前からの予定の通り、マーガレットとシャーロットと三人で展覧会へと赴いた。それは新進気鋭の画家を集めた大規模なもので、それぞれ個性的な作風が大層興味深かった。

中でも印象的だったのは、シャーロットの知り合いだという女流画家、ヘレン・サザーランドの作品群だ。それらはいずれも古典文学や民間伝承の一場面を切り取ったもので、モチーフ自体は様々な画家によって描かれてきた、いわば「手垢がついた」ものである。しかし彼女の際立った特徴は、描かれた登場人物たちの異様な生々しさにあった。

我が子を失って悲嘆にくれる母親、一族の復讐を終えて凄惨な笑みを浮かべる老人、妻の不貞を疑い苦悩する夫、全てを許し静かに微笑む聖女。

人物のちょっとした目線や唇の形、指先や足先の動きから、その奥に潜む激情や諦念が痛いほどに伝わってくる。

「なんだかちょっと怖いわね。ほら、この獄死した王女の絵なんて、夜中にうめき声が聞こえてきそうじゃない？」

マーガレットが声を潜める。

「あら、そこがいいんじゃないの。毒を含んでこそ芸術というものよ。ねえビアトリス」

「部屋に飾りたいとは思わないけど、見ていると圧倒されるのは確かねえ」

ヘレン・サザーランドはかつて依頼された肖像画を描くことで生計を立てていたのだが、人物描写があまりに生々しすぎるところが嫌われて、生活は困窮していたという。ところがベンディックス伯爵が実在の人物よりも古典文学や伝承の人物を描いた方がいいとアドバイスした上で、生活費の一切を面倒見たところ、見事に才能が花開いて画壇の寵児にまで上り詰めたということだ。

「シャーロットのお父さまはすごいのねえ。理想的なパトロンじゃないの」

「ふふ、お父さまもそれがご自慢で、会う人ごとに『ヘレン・サザーランドはわしが育てた』って吹聴するから、いい加減にしないと嫌われるわよってお母さまにたしなめられてるわ」

「まあ、でもおっしゃりたくなる気持ちも分かるわね」

「ええ、この方が歴史に名を残すような大芸術家になったら、シャーロットのお父さまの名前も一緒に残るんじゃないかしら。不遇時代を支えたベンディックス伯爵って」

三人でそんなことを言い合いながら、楽しい時間を過ごしていたとき、背後から突然声をかけられた。

「やあビアトリス嬢！　奇遇ですね。まさかこんなところでお会いできるとは」

思いもかけない人物——眼鏡をかけた生徒会役員にして、将来のアーネストの側近候補、シリル・パーマーがそこにいた。

「パーマーさまが、なんでここに？」

驚愕に目を見開くビアトリスに対し、シリルは愛想良く「いやだなぁ、絵を見に来たに決まっているじゃないですか」と笑いかけた。

「僕はこう見えても芸術に理解のあるたちでしてね。特にこのヘレン・サザーランドは個人的にも注目株なんですよ。ほら、この弟が兄に向ける憎悪の眼差しなんて、実にリアルで素晴らしいですよね」

シリルは兄弟神が一人の美女を巡って争ったという伝承をモチーフにした大作を振り仰いで言った。

「彼女の作品が展示されると聞いてこうしてやってきたわけですが、まさかビアトリス嬢とお会いできるとは思いませんでしたよ。まさに望外の幸運という奴ですね。実は一度貴方とじっくりお話ししたいと思っていたところだったんです」

「私とですか？」

「ええ、貴方とです、ビアトリス嬢」

「それじゃ、私たちはあっちの絵を見ているわね」

マーガレットたちはそう言って隣の展示室へと向かった。どうやら気を使わせてしまったらしい。時間帯のこともあり、彼女らが去ったあと、今この展示室にいる来場者はビアトリスとシリルだけになった。

（せっかくお友達と来ていたのに、何故こんなところでアーネストさまの関係者に会わなきゃならないのかしら）

　ビアトリスは内心ため息をついた。

「……パーマーさまは生徒会の皆さまと一緒に、サーカスにいらっしゃるのではなかったんですか？」

「今週末の親睦会は取りやめです。いえ今週に限らず、当分ないかもしれませんね。ちょっとそういう雰囲気ではなくなってしまったんですよ。貴方が出て行った、あの一件以来、ね」

　シリルは軽く肩をすくめて見せた。

　ビアトリスが悪いとでも言いたいのだろうか。

　無言のビアトリスになにかを察したのか、シリルは慌てて「ああ誤解しないでください。別に文句を言いたいわけではありません」と弁解した。

「あの状況なら、貴方が生徒会をおやめになるのは仕方のないことです。むしろ生徒会役員として謝罪します。この前はマリアが失礼なことを言って大変申し訳ありませんでした」

「パーマーさまは私の言い分を信じておられるんですか？」

「僕とウィリアムは信じていますよ。強引に頼み込むほど生徒会に入りたかった方が、あんな風にあっさりおやめになるとは思えませんから。マリアとレオナルドは殿下が自分の味方をしてくれなかったから自棄《やけ》になったんだろうと主張してますけど、やっぱり無理がありますし。それになんといっても、貴方がおやめになったあとのアーネスト殿下があの通りですからね……」

「アーネストさまがどうかなさったんですか？」

「気になりますか？」

「それは、まあ」

あんな形で別れて以来会っていないのだ。気にならないわけがない。

「あれ以来、殿下の様子が少しおかしいんですよ。まあ基本的には穏やかで聡明ないつものアーネスト殿下なんですけど、ときおり妙に考え込んでて、人の話を聞いていなかったり、ちょっとしたことで不機嫌になったりしてね。おかげで今、生徒会の雰囲気がぴりぴりしてるんです」

「はあ」

「特にマリアに対しての態度が以前とはちょっと違ってましてね。殿下は基本的にどなたに対しても人当たりのいい方ですが、特にマリアには優しかったわけですよ。あ、誤解しないでくださいね？　アーネスト殿下とマリアは別にやましい関係ではありません。ただ学院内における身分の垣根を取り払う象徴とするべく、殿下は平民のマリアに対してことさら気安い関係を許していたのです」

そうだろうか。確かに指名したときはそういう意図だったのかもしれないが、ビアトリスが目にした印象では、少なくともマリアの方はアーネストに対して恋愛めいた感情を抱いているようだったし、アーネストの方も年頃の男性として、見目の良い女性とのじゃれ合いを楽しんでいるように思われた。

　まあ今そんなことをシリルに言っても意味はない。

「とにかくそういう事情なので、今まではマリアが多少羽目を外しても、殿下は温かく見守っていらしたわけです。僕がマリアを注意しても、『まあいいじゃないか』と笑って許すのがいつものアーネスト殿下でした。ところがこの前、『君はなんでトリシァに余計なことを言ったんだ。彼女とは上手くやるようにと言ったろう』と冷たい口調でおっしゃいましてね。その後に言いすぎたと謝罪しておられましたけど、マリアは大変ショックを受けていて、殿下のいないところで『ウォルトンさんのせいよ！』と言って怒るし、レオナルドもそれに同意して怒るし、ウィリアムは『いや君たちのせいじゃないの』とまぜっかえすし、僕はまあ傍観しているわけですが、到底サーカスどころではなくなりました。──さて、ここまで率直にお話しした以上は、そちらにも率直に話していただけると大変ありがたいのですが」

　シリルはくいと眼鏡を上げて、ビアトリスの目を正面から見つめた。

「あのときアーネストさまとなにがあったんですか？」

「あのとき、とは」

「決まっているでしょう？　出て行かれた貴方を、アーネスト殿下が追っていったときです」

「アーネストさまに、なんで騒ぎを起こしたのかと問われたので、起こしたのは副会長だとお答えしました。それでも納得していただけなくて、結局そのままお別れしました」

「それだけですか？」

「それだけですわ」

「そうですか……」

明らかに信じていない様子で、シリルは眼鏡越しに胡乱な眼差しを向けてくる。

「……そもそも私ではなく、アーネストさまにお聞きになるべきではありませんか？　パーマーさまはアーネストさまの側近候補なのでしょう？」

「もちろん殿下にもお聞きしましたよ」

「それで？」

「貴方と同じようなことをおっしゃいました」

「ならそれでいいではありませんか。申し訳ありませんが、友人を待たせておりますので、そろそろ失礼いたします」

「分かりました。お引き止めして申し訳ありません。僕はもうしばらくこの部屋で絵を見てまいります」

ビアトリスはシリルを置いて隣の展示室へと向かいながら、あのときのアーネストの様子を思い返した。

ビアトリスに突き飛ばされて、呆然としていたアーネスト。

悲痛な声でビアトリスを呼び止めようとしたアーネスト。

シリルはあれ以来、アーネストの様子がおかしいという。所有物だと思っていた相手にあんな形で拒まれたことが、彼にとってはそれほどにショックだったのだろうか。

（……まあ私が考えても仕方のないことだわ）

ビアトリスは再びマーガレットたちと合流すると、展覧会の続きを楽しんだ。


一通り見て回ったあと、ビアトリスたちはかねてからの予定通り会場近くのカフェへ行き、ヘレン・サザーランドと落ち合った。

ヘレンは年のころは二十代後半くらいで、短く切られたダークブラウンの髪と、意志の強そうな灰色の目が印象的な女性だった。

「初めまして。貴方たちのことはいつもシャーロットから聞いているわ。私のことはどうかヘレンと呼んでちょうだい」

ヘレンは赤い唇で微笑んだ。

その後は四人でお茶を飲みながらゆっくりおしゃべりを楽しんだ。ヘレンの語る芸術家の暮らしぶりは奔放で、蠱惑《こわく》的で、まるで小説のようだった。中でも刺激に満ちているのは不遇時代のエピソードで、ヘレンは肖像画を届けに行ったら、「俺はあんないやらしい目つきをしていない」と激高されたことや、「お前はなにを知ってるんだ」と詰問されたことなどを、笑いながら披露した。

「依頼を受けたときは毎回、今度こそ依頼主の気にいるような普通に綺麗な絵を描こうと思うの。

でもどうしてもその人の奥にある生々しい本質に惹かれてしまうのよ」

「会ったばかりの相手なのに、その奥にある本質が見えるんですか？」

ビアトリスはぶしつけだと思いつつも、そう尋ねずにはいられなかった。

「ええ、自分でもなぜだか分からないけど、モデルをじっと見ていると、その人の奥にある芯みたいなものが見えてくるの」

「不思議な話ですね」

「信じられないかしら」

「いえ、そんなことはありませんけど」

曖昧に微笑むビアトリスを、ヘレンは灰色の目でじっと見つめた。

「例えば貴方はそうやってなにげなく微笑んでいても、なにかとても重いものを抱えているような気がするわ」

「え」

「でも貴方はそれを撥ねのけるだけの強さも持っている。可憐な外見の奥に、燃え盛る炎のような激しい気性を隠している」

ヘレンはまるで千里眼の魔女のように言うと、そっとビアトリスの手を取った。

「ねえ、良かったら私のモデルになっていただけないかしら。貴方の奥にあるものをこの手で描きだしてみたいのよ」

結局ビアトリス・ウォルトンがヘレン・サザーランドの申し出を受けることはなかった。あのミステリアスな画家の目に映る自分に興味がないではなかったが、王太子の婚約者の身でありながら、市井の画家に肖像画を描かせることは、王家が良い顔をしないだろうと思ったからだ。ただでさえアーネストとややこしい状況になっているところに、さらなる波風を立てる必要もあるまい。

ちなみにそのアーネストはといえば、相変わらずビアトリスに接触してくることはなく、かつてのようによそよそしい距離感を保っている。たまに学院で見かけたときは、いつも大勢の生徒に囲まれて柔らかな笑みを浮かべており、シリルの言っていた変調などはまるで感じられない。

（パーマーさまが大げさに言っていたか、でなきゃ一時的なものだったのね、きっと）

なんとなく重荷に感じていたビアトリスはほっと胸をなでおろした。

そうこうしているうちに日々は過ぎ、学院で定期試験の範囲が発表になった。

第七章 友人たちとの試験勉強

ビアトリスはいつもの通り自宅で試験勉強に励む予定だったが、マーガレットの「私の家で一緒に勉強しない？」の一言で即座に予定を変更した。

なんでもマーガレットたちは、定期試験のときはどちらかの家で一緒に勉強するのが慣例になっているらしい。友人との勉強会というのはビアトリスにとって初体験で、なんだかくすぐったいような心地である。

学校が終わると、ビアトリスとシャーロットはマーガレットの馬車に乗って、そのまま彼女の家へと赴いた。

到着したフェラーズ邸は上品ながらも温かみの感じられる内装で、住人の人柄を表しているようだった。サロンに用意されたテーブルに座り、それぞれに勉強道具を用意した後、マーガレットはいったん私室に戻ると、なにやら紙束を持ってきた。

「じゃあこれ、必要があったら書き写してちょうだい。ちゃんと全科目そろってるわ」

「なあに、これ」

「去年の試験問題よ」

「そんなもの、どうしたの？」

ビアトリスが目を丸くして言うと、マーガレットは得意げに「あら、決まってるでしょう、お兄さまからもらってきたのよ」と胸を張った。

確かに去年出題された問題を知っていれば、圧倒的に有利だろう。教師が重要だと思う部分は基本的に決まっているし、傾向が分かればその分対策も立てやすい。

しかし、である。

「……でもこんなの使っていいのかしら。私たちだけ有利になるみたいで、なんだか申し訳ないみたい」

ビアトリスがおずおずと言うと、マーガレットとシャーロットは一瞬きょとんとしたのち、二人そろって噴き出した。

「いやだ、なにを言っているのよビアトリス、こんなのみんなやっていることよ？」

「そうよ、みんな兄弟や仲の良い先輩から回してもらっているわよ。上級生に知り合いがいない子は、いる子から回してもらったりしているもの」

「え、そういうものなの？」

「そういうものよ。ビアトリスはお兄さまから聞いたことないの？　ウォルトン家って確かご長男がいらしたわよね？」

「兄とは年が離れているし、今は隣国に留学中だもの。試験対策で相談したりしたことはないわ」

「とにかくみんなやってることだから、やらなきゃ不利になるだけよ。国史の先生なんて毎年同じ問題を出すから、楽勝科目だってみんなにありがたがられてるけど、過去問がなかったら地獄でしょう?」

「ええ、確かに地獄だったわ……」

国史と言えば、毎回指定される試験範囲が膨大で、ビアトリスがいくら勉強してもどこかに漏れが出てしまうため、点数が伸び悩んでいる大の苦手科目である。皆どうやって楽々と満点を取っているのか不思議だったが、まさかそんな裏事情があったとは。

学内に友人がいないことは、知らないところで結構な弊害をもたらしていたらしい。

「知らなかったわ、試験って奥が深いのね……」

「ううん、全然深くないからね?」

「それよりビアトリスったら過去問も見ないで、いつもあの順位をキープしてたの? それって逆にすごいと思うんだけど」

「そうよ、私なんか過去問やっても二十位前後だもの。マーガレットなんていつも真ん中くらいよね?」

「私のことはいいじゃないの。それよりビアトリスは、なにか特別な勉強法でもあるのかしら」

「勉強法というほどのものではないけど、あまり色んな参考書には手を出さずに、教科書を繰り返し読むようにしているわ」

繰り返し繰り返し、内容を完璧に理解して覚えてしまうまで読み込むと、応用問題も解きやすいような気がすることを伝えると、二人は「分かったわ、教科書、教科書ね！」「うん、やっぱり基本は大事よね！」とうなずいて教科書を広げた。

三人は去年試験に出たところを重点的に勉強を進め、そろそろ集中力が切れてきたところで、侍女がお茶の支度ができたと呼びに来た。

テーブルには定番のキュウリのサンドイッチやスコーンに加えて、焼き立てのアップルパイが用意されていた。一口食べると、林檎の甘酸っぱさと、パイのサクサク感がたまらない。

「ふふ、うちの菓子職人はちょっとしたものでしょう。お母さまが見つけてきたのよ。うちは家族全員甘いものには目がないの」

「そうなの？　すごく美味しいわ」

「ウォルトン公爵家のお嬢さまが褒めていたって伝えておくわね。きっと大喜びするわ」

パイで糖分をたっぷり補給してから、三人は試験勉強を再開した。

マーガレットやシャーロットがときおり「ここってどういう意味なのかしら」と聞いてくるので、ビアトリスがなるべくかみ砕いて説明すると、「すごいわ、先生が教えるよりも分かりやすいかも」と感心されるのが照れ臭い。ビアトリスの方も、どう説明しようかとあれこれ考えていると、問題に対してより理解が深まるような気がする。過去問のおかげで効率的に勉強できているし、今回の試験は期待できそうだ。

これまでの定期試験では、首位はいつもアーネストかシリルが占めており、三位は特待生であるマリア・アドラーの定位置だ。ビアトリスは四～六位辺りをうろうろしているのが常だったが、今回は初めて三位以内に入れるかもしれない。

（まあ、でもやっぱり三位の壁は厚いかもしれないけれど）

マーガレットとシャーロットも「ビアトリスのおかげでいつもより上に行けそうな気がするわ」と言っているし、ビアトリスは定期試験がなんだか楽しみになってきた。

勉強会はその後も連日行われた。

ウォルトン邸で行われたときは、休憩時間に邸内を案内したところ、二人に大変喜ばれた。ビアトリスが個人的な知り合いを家に招くのは、考えてみればアーネスト以来である。彼は裏の庭園が好きだったことを思い出しかけたが、頭を振って意識の外へ追い出した。

マーガレットは屋敷の温室が、シャーロットは図書室がことのほかお気に召したらしい。

シャーロット曰くウォルトン邸の図書室は夢の国だということで、「ああもう信じられないわ、あの作品の初版が全巻そろっているなんて！　ああこれも初版！　これも初版だわ！　ぜんぶ読みたいけど今は駄目、試験が終わったら、終わったらもう一度読みに来させてね！」とビアトリスの手を握って懇願してきた。

興奮しきりのシャーロットに、マーガレットが首を傾げる。

「ちょっと訳が分からないわね。初版のなにが素晴らしいの？　あんなもの誤字と脱字のオンパレードじゃないの」

「そうね。私も最新版の方が読みやすくていいと思うわ」

「ああもう価値の分からない人達ね。初版は素晴らしいのよ、初版だから！」

結局両者のやり取りはどこまでも平行線だった。

お茶の時間にはやたらと気合いの入った見事なケーキが供された。先日ビアトリスが「マーガレットのところで出たアップルパイがとても美味しかったの」と侍女に語ったのが、回り回って厨房にまで伝わってしまい、彼らの対抗意識に火をつけたらしい。

マーガレットに「この滑らかな口当たりが素晴らしいわね」とお褒めの言葉をいただいたので、あとで厨房に伝えておいた。


ベンディックス邸で行われたときは、シャーロットに誘われて、彼女の従姉妹だという双子の姉妹も勉強会に加わった。なんでも彼女らは自宅が改装中なため、親戚であるベンディックス邸にしばらく滞在しているとのこと。

二人の少女は最初のうち妙にぎくしゃくしていたものの、そのうち緊張も解けたのか、問題の解き方について、ビアトリスにおずおずと質問してくるようになった。そして終わるころには「ビアトリスさまのおかげで助かりました」と、はにかむような笑顔で口々に感謝の言葉を述べてきた。

「ううん、お役に立てて良かったわ」

ビアトリスが笑いかけると、二人はなぜか真っ赤になってうつむいた。

翌日シャーロットは学校で、「あの子たち『ビアトリスさまがあんなに親しみやすい方とは思わなかった』ってびっくりしていたわ。二人とも貴方が帰ったあと『ビアトリスさまの笑顔が綺麗』とか、『声が優しい』とか、延々と貴方のことばかりしゃべってて、すっかりファンになったみたい。私が『ほら、私の言った通りでしょう?』と言ってやったら、『誤解してて申し訳なかった』ってそろって反省していたわ」と楽しそうに報告してきた。

もしかするとシャーロットが彼女らを勉強会に誘ったのは、ビアトリスのためだったのかもしれない。ビアトリスは彼女の気づかいが嬉しい反面、「私って一体どんなイメージを持たれていたのかしら……」と少々複雑でもあった。


朝の時間は相変わらずカインとのおしゃべりや、オレンジとのじゃれ合いを楽しんだ。その時間も勉強に充てようかと迷ったものの、やはり息抜きは必要だろうと思い直した。ただカインが来るまで読んでいた小説は、教科書や授業ノートに変更した。

ある朝、カインに勉強会での出来事についてあれこれ語っているときに、ビアトリスはふと思いついて問いかけた。

「そういえば、カインさまは過去の試験問題をどなたから手に入れてらっしゃるんですの？」

「過去の試験問題？　いや、そういうのは知らないな」

「まあ、カインさまもご存じなかったんですの？」

ビアトリスは「仲間がいた！」という喜びで一瞬高揚したものの、カインはそれでもトップだったことに気づいて、一気に気持ちが沈静化した。

「カインさまって本当に天才なんですね……」

「どうした急に、なにを落ち込んでいる」

「いえ別に。大したことではありませんわ。あ、そうですわ、天才のカインさまにぜひ教えていただきたいことがあるんですけど」

ビアトリスは先ほどまで読んでいた教科書とノートを引っ張り出した。

「ここがよく分からないんです。教科書の方はさらっと書いてあるだけだし、授業のノートを見返したのですが、なんだか分かり辛くって」

「ああ、この科目はモートン先生だろう。あの先生の授業は、真面目に聞くほど混乱するから、適当に流した方がいいぞ」

「そうなんですの？」

「そうなんだ。あの先生は悪い人ではないんだが、根本的に教えるのに向いてないからな。ついでにやる気もないんだよ。本人は元々大学に残って研究を続けたかったらしい」

悪い人ではないが、悪い教師ではあるらしい。

カインが授業をさぼるのは、もしかするとそういう教師を選んでいるのかもしれない。だからといってビアトリスが見習う気にはなれないが。

「ほら、ここはこういう風に考えたらいい」

「あ、分かります。これなら理解できますわ。ありがとうございます。カインさま」

「他に分からないところはないか？」

「あるんですけど、今は手元にないので、明日持ってきますわね」

ビアトリスは思わぬところで優秀な家庭教師を見つけた幸運に感謝した。


そしていよいよ定期試験が始まった。

一つめの試験は国史で、マーガレットが言っていた通り、過去とすん分違わぬ問題が今年も出題されていた。これは手抜きではなかろうかと内心首を傾げつつも、ビアトリスは勉強の成果を存分に生かして全問を難なくクリアした。

次は数学で、この教師は毎年それなりに凝った問題を出してくる人物だったが、こちらも難なくクリアすることができた。

次の試験も。そのまた次の試験も。

マーガレットにもらった過去の試験問題と、カインの丁寧な指導のおかげだろうか。どの問題も目にした瞬間に解き方が頭に浮かんできて、ほとんど迷うことなくすいすいとペンが進んでいく。

（でもちょっと簡単すぎるような気もするわ。今回の試験はいつもより簡単なのかしら。平均点が上がるわね、きっと）

二度目の見直しを行いながら、ビアトリスはそんな風に考えていた。

第八章　衝撃の試験結果

試験が終了して数日後、結果が校内に貼りだされた。

貼られた順位表に生徒たちが詰めかけるのはいつものことだが、今回はなぜかいつも以上に人が多く、みな興奮しているようだった。

「みんななにを騒いでいるのかしら」

「前の方にいる人は見終わった順にどいてくれないと、あとから来た人が見られないじゃないの」

マーガレットとシャーロットはぼやきながら、結果を見ようと首を伸ばしてつま先立ちになっている。ビアトリスも同様につま先立ちになって、なんとか自分の名前を確認しようとし――

「まあビアトリスったら一位よ！」

「すごいわビアトリス！」

――確認する前に、友人たちから己の順位を知らされた。

見れば本当に、一位のところにビアトリス・ウォルトンの名前がある。

「え、うそ……」

「本当よ！　おめでとうビアトリス！」

「さすが私たちのビアトリスね、おめでとう！」

「二人ともありがとう。きっとあの過去問のおかげだわ」

マーガレットがくれた過去の試験問題と、カインの丁寧な指導のおかげだろう。

入学以来、いくら真面目に勉強してもどうしても三位以内に入れなくて、今までずっと悔しい思いをしてきたが、ここにきてまさかの一位とは。胸の奥からなんともいえない喜びがこみ上げてくる。

マーガレットは三十二位、シャーロットは十一位で、いずれも普段よりずっと良かったらしい。ビアトリスも彼女らにお祝いの言葉を伝えたところ、「ビアトリスに教えてもらったからよ」と返されたのがくすぐったい。

ひとしきり互いに喜び合ってから、ビアトリスは再び順位表に目をやった。

（二位はパーマーさまなのね、じゃあ三位は……え？）

そこに当然あると思っていたアーネストの名前は見当たらなかった。特待生のマリア・アドラーですらない。三位はエルマ・フィールズ。四位はエルザ・フィールズ。なんとシャーロットの屋敷で何度か一緒に勉強した双子の姉妹だった。本人たちは「いつも十番前後なんです」と言っていたが、今回は随分と調子が良かったらしい。

マリア・アドラーは五位だった。そしてアーネストは――

「嘘だろう？　アーネスト殿下が七位って、なにかの間違いじゃないのか？」

「信じられませんわ、入学以来ずっと一位か二位でしたのに」

「アーネスト殿下は体調でもお悪かったのかしら」

「驚いたな。殿下とシリル・パーマーの首位争いは卒業までずっと続くもんだとばかり思っていたよ」

「しかも一位があのビアトリス・ウォルトンだもんなぁ」

「特待生のマリア・アドラーも五位だなんて、今回は本当に大番狂わせね」

生徒たちが騒いでいる内容が、次第に耳に入ってくる。

（これってまさか、パーマーさまの言っていた話が関係しているのかしら）

シリル・パーマーはビアトリスが生徒会を辞めたとき以来、アーネストの様子がおかしいと言っていた。しかしビアトリスが何度か遠目で見かけた際は、いつものアーネストだったので、大したことはないのだろうと、深く考えずにいたのである。しかしこの試験結果が、シリルの言うアーネストの変調によるものだったとしたら、話はまるで違ってくる。

シリルの言う「ビアトリスが辞めたとき以来」というのは、ビアトリスからみた場合、アーネストにキスされかけたのを突き飛ばして以来ということだ。まさかアーネストはあのことがショックで、勉強が手につかなかったなんてことがあり得るだろうか。

（ううん、まさか、あり得ないわよね、そんなこと……）

それは確かに、婚約者にあんな形で拒まれることは、年頃の青年にとっては大変ショックな出来事だろう。しかしそれは世間並みの婚約者同士の場合である。

アーネストにとってのビアトリスは、ひたすら邪険に扱って顧みなかった形ばかりの婚約者だ。ここ最近はビアトリスとの関係改善を試みていたこともあったが、それにしたって今後を考えての合理的判断ゆえだろうし、あのとき呆然とした様子だったのも、せいぜい所有物に拒まれてプライドが傷ついた程度のことだとばかり思っていたのだが――

（でももし、本当に私とのことが原因だったとしたら）

本当に自分が原因だとしたら、自分はどうすればいいのだろう。

ビアトリスが頭を悩ませていると、少し離れたところにいたフィールズ家の双子の姉妹がビアトリスを見つけて、こちらに手を振ってきた。

「あ、ビアトリスさま、一位おめでとうございます！」

「おめでとうございます！」

「ありがとう、エルマとエルザも三位と四位おめでとう」

「ビアトリスさまのおかげですわ！」

人垣のせいで距離があるため、自然に声が大きくなってしまう。周囲の生徒に迷惑をかけないよう、順位表の近くから移動することを提案しようとした、まさにそのとき、聞き覚えのある声が辺りに響いた。

「皆さん、これは不正です！」

甘く澄んだ高い声。

「こんな結果、どう考えたっておかしいです。試験でなにか不正が行われたに決まってます！」

見ればストロベリーブロンドの少女が、憎しみに燃えた目でこちらを睨みつけていた。


「不正?」

「不正だって?」

「つまりビアトリス・ウォルトンが不正で一位になったってこと?」

「まさかそんな、いくらなんでも」

「いややりかねないだろ、なんといってもあのビアトリス・ウォルトンだぞ」

「まあ確かに、無理やり王太子の婚約者におさまったような人間だしな、やりかねないよ」

「いきなり成績が上がったのは、ちょっと不自然だったよな」

潮騒のように、さわさわと悪意が広がっていく。

ビアトリスは好奇に満ちた周囲の視線に、胸が悪くなりそうだった。

忘れていた。

いや忘れていたかった。

この学院における自分が「嫌われ者の公爵令嬢」であることを。

一般生徒たちに聞こえよがしに陰口を叩かれ、あることないこと言い立てられる存在であることを。

——え、ええ本当ですわよ！　ビアトリスは実家の力で強引に俺の婚約者におさまったんだ、俺が望んだことじゃないって、殿下ははっきりそうおっしゃってましたわ！

理不尽な言いがかりも、あからさまな侮辱も、相手がビアトリス・ウォルトンならば許される。そんな空気を久しぶりに思い出す。

「……アドラーさん、おかしなことを言わないでください。なんの根拠があってそんなこと言うんですか？　私が一体どんな方法で不正を行ったと言うんですか？」

ビアトリスは相手の顔を正面から見据えて言った。

対するマリアも真正面からビアトリスを見据えた。

「どんな方法で行ったかなんて、そんなこと私には分かりません。でも貴方がどんな人間かはよく知っているつもりです」

マリアの声はよく通り、切々として心情にあふれていた。

ハシバミ色の目は信念に彩られて輝いていた。

声も眼差しも表情も、なにもかもがまるで真摯さの化身のようだ。

己が正しいと心から信じている者特有の、たぐいまれな説得力がそこにあった。

「ウォルトンさんがそんな風に堂々としていることからしても、今さら証拠を探してもきっと無駄なんだと思います。今から不正があったことを証明して、この結果を覆すのはおそらく難しいでしょう。でもだからって、なにもなかったみたいに見て見ぬふりをすることなんて、私には耐えられないんです。ウォルトンさん、貴方はこんな形で一位になって、本当にそれで幸せなんですか？」

今さら試験結果は覆せない。マリアもそれは分かっている。彼女の目的は公式記録をどうこうすることではなく、生徒たちにこの試験結果を不正だと認識させることだ。それによって教師はともかく学院生徒の間では、ビアトリスの首位と自分たちの転落をなかったものにしてしまうことだ。

そして実際に、それは半ば成功しつつあるように思われた。「婚約者である王太子アーネストに邪険にされる公爵令嬢ビアトリス」という格好の見世物を失って、しばらく退屈していた生徒たちは、「不正を行った公爵令嬢ビアトリス」という新たな題材に舌なめずりをしているようだった。

しかも糾弾するのは、人気者の王太子率いる生徒会メンバーの一員だ。正義のヒロインと悪役と、役割は最初から決まりきっている。

諦めろ。彼らはみんなアーネストと生徒会の味方。自分がなにを言ったところで、どうせ信じてもらえない。そう囁きかける声がする。

（……だけど、それじゃだめなんだわ）

「成績が上がったのは、過去の試験問題を参考にしたおかげです。私は前回までそういう対策を一切やっていなかったんです。それに上級生のカイン・メリウェザーさまに勉強を教えていただいたことも大変役に立ちました。なにもやましいことはしていません」

「ウォルトンさん、はっきり言いますけど、そんなことくらいで――」

「ビアトリス・ウォルトンは不正なんてしていない」

不意に辺りを制する声が響いた。振り返ると案の定、赤毛の青年が少し離れたところに立っている。長身の彼は人ごみの向こうにいても存在感が際立っていた。

「カインさま、なぜここに……」

「君の結果を見に来たんだが、なんだか面倒なことに巻き込まれているみたいだな」

カインは優しい声でそう答えると、再びマリアの方に向き直った。

「君は妙なことを言っていたようだが、ビアトリス・ウォルトンが一位を取ったのは実力だ。それは彼女の勉強を見ていた俺が一番よく知っている。彼女は基本も応用も完全に理解していたし、この程度の点は当然取れる。むしろ全科目満点じゃないのが不思議なくらいだ」

「そうですわ、貴方、さっきビアトリスがどんな人間かよく知っていると言いましたけど、一体ビアトリスのなにを知ってるんですの？　どうせ噂で聞いただけでしょう？」

「ビアトリスのことはいつも一緒にいる私たちの方が、貴方なんかよりずっとよく分かっていますわ。ビアトリスは真面目で誠実で、絶対に不正なんかする人間じゃありません」

「ビアトリスさまはすごく頭が良くて、問題の解き方を色々と教えてくださいました」

「ビアトリスさまは、今まで過去問がないから効率的な勉強ができなかっただけで、本来ならトップで当然の方だと思います」

マーガレットとシャーロット、それにフィールズ姉妹も横からビアトリスに加勢した。

「待ってください。貴方がたがお友達を信じたいって気持ちはよく分かります。ですが――」

「……過去問なしでいつも五位前後キープなら、一位になってもそんなに変じゃないのでは」

誰かがぼそりと呟いた。

「おいおい、ビアトリス・ウォルトンの言ってること信じるのかよ」

「そうだよ、本当に過去問使ってなかったかどうかなんて、本人にしか分からないだろ」

「でもあのカイン・メリウェザーに教えてもらってたのは事実なわけだろ？　教えた本人がそう言ってるんだし」

「カインって最終学年で毎回全科目満点取ってる奴だよね。教師陣にも天才だとか言われてる」

「でもそいつに教えてもらったから即トップってのも変じゃないか」

「いや、でもさ」

少しずつ、少しずつ空気が変化していく。

生徒たちはどちらを信じるべきか、とまどっているようだった。

横からマーガレットがそっとビアトリスの手を握った。

ビアトリスはその温かさに一瞬泣きそうになりながら、なにも言わずに握り返した。

大丈夫。うん、大丈夫。

なにがあっても大丈夫。

焦りの表情を浮かべたマリアが、場の空気を取り戻すべく、再び口を開きかけたとき――

「みんな、一体なにを揉めてるんだ？」

ぞくり、とビアトリスの背筋に戦慄が走った。

しばらく前に聞いたのと同じ科白、同じ声。

金の巻き毛に青い瞳の絵に描いたような王子さま。

アーネスト王太子殿下のご登場だった。


アーネストの一声に、その場が一瞬にして静まり返った。

今まで騒いでいた者たちも、みな固唾をのんでアーネストの出方を見守っている。

「アーネストさま！」

沈黙の中、声を上げたのはマリアだった。その愛らしい顔は、百万の味方を得た安堵と喜びに輝いている。

「ちょうど今、ウォルトンさんとお話ししていたところだったんです！」

「お話？」

「はい、試験の不正について認めてくれるように説得してたんですけど、彼女は色々言い訳して、どうしても認めようとしないんです。証拠がないから、このましらを切り通せると思っているみたいで……。でもこんな形で不正を有耶無耶にしてしまうのは、ウォルトンさん自身のためにも絶対良くないと思って、私」

「トリシァが、ね」

アーネストがすいとビアトリスの方に向き直った。絡めとるような底知れない眼差しに、ビアトリスは一瞬ひるみそうになるも、そのまま足を踏みしめた。

「やあ、なんだか久しぶりだね」

「はい」

アーネストとこうして対峙するのはあのとき以来だ。こうして正面から眺めると、記憶にあるより幾分痩せて、少しやつれたような印象を受ける。彼の不調の原因を作ったのが本当にビアトリスだとしたら、そのビアトリスが首位を取ったことについて、彼は今どんな感情を抱いているのだろう。

緊張に顔をこわばらせるビアトリスに対し、アーネストは莞爾《かんじ》と微笑みかけた。

「トリシァ、一位おめでとう。よく頑張ったね。俺も婚約者として鼻が高いよ」

その声は誠実さと温かみにあふれ、皮肉は微塵も感じられない。

「……ありがとうございます」

「な、なにをおっしゃってるんですか？　ウォルトンさんの首席は不正によるものですよ？」

マリアが慌てたように割って入った。

「証拠もないのに、妙な言いがかりは止めた方がいい。トリシァの首席はあくまで実力によるものだ。トリシァは不正なんかする人間じゃないよ」

「で、でもアーネストさまは――」

「マリア、もういい加減にしてくれないか。生徒会の一員として、あまりみっともない騒ぎを起こさないでほしいんだ」

アーネストの厳しい声と眼差しに、マリアはまるで陸に上がった魚のようにぱくぱくと口を動かした。なにか言いかけては飲み込んで、結局そのまま口をつぐんでうつむいた。

「マリアは今回本調子ではなかったようだな。俺の結果もあの通りだから、悔しい気持ちはよく分かる。だけどそれをトリシァにぶつけるのはお門違いだ。分かるだろう?」

「はい……」

「うん、分かってくれたらそれでいいよ。きつい言い方をして悪かったね。――行こうか、マリア」

アーネストにうながされ、マリアは悄然《しょうぜん》とビアトリスたちに背を向けた。アーネストの手が置かれた華奢な肩は、わずかに震えているようだった。

「それじゃトリシァ。改めて首席おめでとう。俺は今回失敗したけど、次は君に負けないように頑張るよ」

「はい」

「みんなも、うちの副会長が騒がせたようで悪かったね」

アーネストが生徒たちに笑顔を向けると、そのうちの一人が真っ赤な顔で声をかけた。

「あ、あの、殿下は今回体調がお悪かったんですか?」

「ああ、最近ちょっと公務が忙しくて、当日風邪を引いてしまったんだよ」

「やっぱりそうだったんですね！　それでも七位なんだから、殿下はすごいと思います！」

「ありがとう。でも次は失敗しないよう頑張るよ」

「は、はい！　応援しています！」

緊張で上ずった声でそう言う生徒に、アーネストは再び優しく微笑みかけると、マリアを伴ってゆったりとその場をあとにした。

あとに残された生徒たちは、たちまちのうちに興奮の渦に包まれた。

「格好いいなぁ！　さすがアーネスト殿下だ」

「今回は副会長の勇み足ってとこだったね」

「うん、確かに証拠もなしに決めつけたのは良くなかったよね」

「それをビシッと指摘したとこ、ほんと格好良かったよな」

「同じ生徒会の仲間だからって変に肩を持ったりしないってのがいいよなぁ」

「悔しがったりしないで、笑顔で相手を褒めるのも、さすが殿下って感じだな」

「やっぱり俺たちのアーネスト殿下は最高だぜ」

もはやビアトリスに疑いの目を向ける者は、一人も残っていなかった。

先ほどまでマリアに同調していた者たちも、皆手のひらを返して「我らがアーネスト殿下」の対応を、口を極めて褒め称えている。

生徒たちの変わり身の早さに、ビアトリスは唖然とした思いで立ち尽くしていた。

放課後、ビアトリスたちは試験の打ち上げに、マーガレットお勧めのチョコレート専門店を訪れた。チョコレートパフェにチョコレートケーキにホットチョコレート。チョコレート尽くしを堪能しながら、真っ先に話題に挙がったのは、なんといっても結果発表時の騒動だ。

「それにしても今回は胸がすうっとしたわね。ビアトリスに言いがかりをつけるからあんなことになるのよ」

「ええ本当に、あの副会長の態度はひどかったものね。皆の前でぺしゃんこにされたの、正直言っていい気味だったわ。ビアトリスは生徒会の手伝いのときも嫌な思いをさせられていたんでしょう？」

「ええ、なんだか最初から目の敵にされていたみたいなの」

「あの人、生徒会長にべったりだもの。婚約者であるビアトリスが目障りなんじゃないかしら。

——あのねビアトリス」

マーガレットがふと真面目な顔で言った。

「私ね、実を言うと、アーネスト殿下のことは、ちょっとどうかなって思っていたの。貴方の婚約者に対してこんな風に思うのは失礼だけど、でも貴方に対する態度がちょっとひどいんじゃないかって。でもやっぱり、ちゃんとビアトリスのことを信頼しているのね」

「ええ私も、殿下がビアトリスはそんなことする人じゃないっておっしゃったとき、ちょっと感動しちゃったわ。――まあでもそれはそれとして、普段の態度はやっぱりどうかと思うけどね」

シャーロットも同調する。

今まで腫れ物扱いだったアーネストについて、二人が初めて触れてきた。それはつまり、彼女らの中でアーネストの評価が劇的に上向いたからだろう。

無理もない。客観的に見て、今回のアーネストの対応は素晴らしかった。勝者であるビアトリスを称賛し、言いがかりをつけるマリアをきちんと諌《いさ》めつつも、完全に突き放すことなくフォローする。まさに「お優しい王太子殿下」そのものだ。

ビアトリス個人の立場から見ても、彼の対応は大変ありがたいものだった。アーネストがあの場でマリア側について、二人がかりでビアトリスを糾弾していたら、今頃どうなっていたか分からない。もしかすると友人たちまで不名誉な噂に巻き込んでしまった可能性もある。

以前のアーネストの対応を思えば、今回の件は、この上もない汚名返上と言えるかもしれない。

（それなのに……）

それなのに、この漠然とした不安はなんだろう。ビアトリスの胸中に、なにかが引っかかっていた。

あのときのマリアの表情。マリアの声。

なにか言いたげだったのに、口をつぐんだマリアの様子。

――で、でもアーネストさまは

あのとき彼女はなにを言おうとしたのだろう。

（まさか……）

ふと浮かんだ考えに、ぞくりと冷たいものが背中に走る。

（……ううん、いくらなんでも考えすぎよね）

マリア・アドラーは味方と信じ込んでいたアーネストに突き放されて、混乱していた、それだけだ。おかしなことなどなにもない。ビアトリスは己をそう納得させて、友人と共にチョコレート尽くしを堪能した。

それからしばらくの間、学院は試験騒動の噂で持ちきりだった。マリア・アドラーの暴走と、それを見事におさめたアーネストの手腕。校内で生徒会役員たちを見かけることはたまにあったが、アーネストは相変わらず大勢の人間に囲まれている一方で、マリア・アドラーは一人でいることが多かった。たまにレオナルドと二人でいることもあった。

ビアトリスにはマリアに同情してやる義理はない。それなのに、悄然とした彼女を見かけるたびに、なにかもやもやとした思いが胸の奥からこみ上げてくるのを感じざるを得なかった。

「……なんだか最近浮かない顔だが、なにか悩み事でもあるのか？」

いつものあずまやで会っているとき、カイン・メリウェザーが問いかけた。

「いえ別に、悩みというほどのものではありません」

「悩みというほどじゃなくても、気にかかることはあるんだろう？　そうやって一人で抱え込むのは君の悪い癖だぞ」

間近に顔を覗き込まれて、どきりと心臓が撥ねるのを感じる。この人は本当に整った顔をしている。

「……おかしな妄想じみた話なんです。人に打ち明けるようなことではないんです」

「妄想かどうかは聞いてから判断するよ。とりあえず聞かせてくれないか」

ビアトリスはしばらく迷っていたものの、結局今まで感じていた不安をカインに全て打ち明けた。

アーネストに諌められたときのマリアの表情、マリアの声。なにか言いたげだったのに、口をつぐんだマリアの様子。あのとき彼女はなにを言おうとしていたのか。

「……生徒会の手伝いをしていたとき、パーマーさまに聞いたことがあるんです。試験結果の順位表は、校内に貼りだされるのと同時に、縮小版が学校資料として生徒会室に届けられるんだそうです。だから生徒会役員は、一般生徒と押し合いへし合いしながら、貼りだされた順位表を確認に行く必要はない、大きな声では言えないが、生徒会役員の特権だと。つまりアーネストさまとマリア・アドラーには、今回の試験結果について、事前に話し合う機会があったんです」

「要するに、君はこう言いたいんだな。生徒会室で試験結果を目にしたマリア嬢が『これは不正だ』と騒いだとき、その場にいたアーネストは彼女に賛同していたのではないか。だからこそ、マリア嬢はアーネストに諌められてショックを受け、不自然な様子を見せたのではないか、と」

「馬鹿げた妄想だって分かっています。それこそ、ひどい言いがかりだと」

「いや、そうとも言い切れないだろう。俺はあのとき気づかなかったが、確かに言われてみるとおかしな雰囲気はあったかもしれないな。……一つ確認してみるか」

「確認って」

「決まってるだろう。マリア嬢を呼び出して聞いてみるんだ」

「え、でも」

「分かっている。いきなり俺たちが呼び出したところで、彼女は警戒して応じないだろう。彼女と親しい人間に仲介してもらう必要があるな」

「彼女と親しい人間？」

「ああ、手頃な奴が一人いる」

カインはいたずらっぽく笑って見せた。


昼休み。カイン・メリウェザーを前にしたシリル・パーマーはひどく落ち着かない様子だった。

カイン曰く、二人は昔馴染みとのことだが、その力関係は歴然としているようである。

「こうして会うのは久しぶりだな、シリル」

「……お久しぶりです」

「色々と積もる話もあるが、また今度にしよう。お前に折り入って頼みがある。マリア・アドラーを適当な場所に呼び出してほしいんだ。もちろんお前も立ち会ってくれて構わない」

「マリアを呼び出す？　理由をお聞かせ願えますか？」

「別に大したことじゃない。今回の試験に関する騒動について、ちょっと話を聞きたいだけだ」

「試験の不正疑惑騒動ですか。あの件はマリアの思い込みによる暴走ということで決着がついたはずですが」

「マリア嬢がそう思い込んだ経緯について直接話を聞いてみたいんだ」

「経緯と言っても、マリアは元々ちょっと思い込みの激しいところがありますからね。まあ本人も反省しているようですし、今はそっとしておいていただけませんか？」

「反省すべき人間が、副会長一人だけとは限らないでしょう？」

　ビアトリスが横から口を挟んだ。

「どういうことですか？」

「彼女一人の暴走ではなく、彼女に賛同して、煽った人間が他にいる可能性があると申し上げているんです」

「それは勘繰りすぎというものでしょう。繰り返しますが、今回の件はあくまでマリア一人の暴走です。煽った者などおりません。標的にされたビアトリス嬢がお怒りになるのはもっともですが、この件で他の人間を巻き込むのはさすがにナンセンスというものですよ」

シリルは苦笑するように首を振ってみせた。ビアトリスがなにを疑っているのか、彼女の言う「煽った人間」が誰を指しているのか、まるで尋ねようとすらしない。ただことさらにマリア一人と強調する様子に、ビアトリスはなにか殺伐としたものを感じた。

（やっぱりあれは彼女一人の暴走じゃない……そして、この人はそれを知っているんじゃないかしら）

やはり先の不正疑惑騒動の背後にはアーネストがいる。そしてシリル・パーマーはそれを知っている。少なくとも薄々察してはいる。その上で、見て見ぬふりをしろと言っているのではないか。

「……パーマーさまは、マリア・アドラー副会長とは、それなりに親しい関係かと思っていました」

「親しい関係ですよ。学院を卒業するまでは良い友人としてやっていけたらと思っています」

「どうせ卒業までの関係だから、平気で見殺しにできるんでしょうか」

「なんのことやら」

「――――なあシリル」

カインがシリルの肩に手を置くと、上から彼の顔を覗き込んだ。

「お前が将来国王の片腕になるのを目指しているのも、そのために今アーネストにくっついているのもよく分かっている。しかし将来のためを思うなら、万が一に備えて、保険をかけておくことも必要だと思わないか？」

「万が一って」

シリル・パーマーは、そこで初めて顔色を変えた。

「……それはどういう意味ですか？」

「別に、言葉通りの意味だ。……ああ確率はもう少し高いかもしれないな。あいつは今、少し危なっかしい状態だ。お前もそれが分かっているから、心配しているんじゃないのか？」

「本気ですか」

「冗談でこんなことを言えると思うか？」

シリルはしばらく困ったように視線を彷徨《さまよ》わせていたが、やがて深々とため息をついた。

「……分かりました。僕は知り合いの上級生にマリア・アドラーを紹介してほしいと頼まれて、愛の告白かなにかだろうと勝手に勘違いして、深く考えずに彼女を連れて来る、そういうことにします。ビアトリス嬢は貴方が僕に無断で連れて来るということでいいですね？」

「分かった。恩に着るよ。万が一のときは思い出す」

「ええ、万が一のときはお願いします。……そんなときは絶対来ないと思いますけどね」

結局放課後の空き教室にマリアを呼び出すことを約束して、シリルはその場をあとにした。

「あの、カインさま、今のは」

「単なるはったりだ。気にしないでくれ」

カインは軽く肩をすくめて見せた。


それから放課後までの間、ビアトリスはそわそわと落ち着かない時を過ごした。

ビアトリスの推測が事実だとしたら、マリア・アドラーは心酔していたアーネストの裏切りに対し、今どんな思いでいるのだろう。目の敵にしていたビアトリスがそれを指摘したら、果たしてどんな反応を示すだろうか。

（もう、今からあれこれ考えても仕方ないわ。とにかく全ては放課後になってからだもの）

ビアトリスは己にそう言い聞かせた。

そしてようやく放課後になり、指定された教室で待っていると、シリルに伴われてストロベリーブロンドの少女が姿を現した。マリアはビアトリスの姿にぎょっとした表情を浮かべると、隣のシリルに食ってかかった。

「シリル、ちょっとどういうこと？　なんでこの人がここにいるのよ！」

思ったよりも元気そうでなによりだ、というのがビアトリスの率直な感想だったが、むろん口にはしなかった。

「さ、さあ、僕もなにがなにやら」

「俺が勝手に連れて来たんだ。シリルは関係ない」

カインの存在に気が付くと、マリアはさらに激高した。

「それじゃシリルの言ってた知り合いの先輩って、メリウェザー先輩のことだったの？　この人は完全にウォルトンさん側の人間じゃないの。つまりみんなでよってたかって私をはめたってことなのね？」

「はめたとは人聞きが悪いな、俺は『君と会って話したい』としか言づけていないはずだが」

「そうですよ。僕だって『知り合いの先輩がマリアと直接会って話したがってる』としか伝えてませんし、誰も嘘はついてませんよ」

「だってこのシチュエーションなら、普通は告白だと思うじゃない。それならちゃんとお会いしてお断りするのが礼儀だと思ったから、わざわざこうして来てあげたのに、人の誠意を逆手に取るなんて最低よ。もういいわ、私帰るから！」

「待ってください。アドラーさん、単刀直入にうかがいます。アーネストさまは、私が不正をしたという貴方の意見に賛同していたんじゃないですか？」

ビアトリスの言葉に、部屋を出て行こうとしていたマリアは動きを止めた。

そして警戒心に満ちた表情でゆっくりとこちらに振り向いた。

「……なんでそんなこと言うんですか？」

「あのときの貴方の態度、そしてアーネストさまの様子から、そうではないかと思ったんです。貴方は生徒会室でアーネストさまと一緒に順位表を見て、これは不正じゃないかと二人で話し合ったんじゃないですか？」

「今さらそんなこと聞いて、どうするつもりなんですか？」

「確認したいだけです。自分の婚約者が自分のことをどう思っているのか興味あるのは当然でしょう？」

知りたいのはむしろ「アーネストがどういう人間か」だったが、今それをマリアに言う必要はない。あくまでアーネストの自分に対する気持ちが知りたいのだ、という風に持ちかけると、マリアはようやく口を開いた。

「そうです。アーネストさまが、トリシァがいきなり一位なんておかしい、不正の可能性があるっておっしゃったんです。だけど自分は王族だから、王立学院の不正について口にしたら大ごとになりすぎるっておっしゃったから、私が代わりに言いに行ったんです」

「そうですか。不正を言い出したのはアーネストさまだったんですね……」

アーネストは単に賛同したのではなく、むしろ言い出した側だった。

それは十分に予測できることではあったし、実際にビアトリス自身も、その可能性を考えていないわけではなかった。しかしこうして事実として突きつけられると、言いようのないおぞましさに、心をえぐられるようだった。

（アーネストさまはマリア・アドラーに対して、自分から私の不正を言いたてた。そしてマリア・アドラーを使って存分に私を貶めてから、今度はマリアを侮辱する形で私を皆の前で庇って見せた――完璧な王子さまの顔をして）

アーネストが自分にした仕打ちがショックなのか。あるいはマリアにした仕打ちがショックなのか。判断する暇もなく、野太い声がビアトリスの思考を断ち切った。

「ちょっと待てよマリア！　それって一体どういうことだよ！」

「レ、レオナルド？　なんでここに……」

ビアトリスとカインはもちろん、シリルとマリアにも完全に予想外だったようで、二人とも目を丸くしたままぽかんと口を開けている。

「お前がその、告白されるかもしれねぇって言うから、気になって様子を見に来たんだよ。それよりマリア、どういうことだよ。試験の不正は殿下が言い出したことなのか？」

「そうよ、だけど私は」

「それなのに、みんなの前でお前のことを責め立てたのかよ。そんなの最低じゃねぇかよ！　今すぐ俺がみんなに言って――」

「やめてレオナルド！」

マリアが悲鳴のような声を上げた。

「違うの！　私が悪いの！　私が勝手に勘違いしてたの！　アーネストさまは表立って騒ぐべきじゃないってお考えだったのに、私が間違えて暴走しちゃっただけなの！」

「だけどマリア」

「とにかく私が悪いんだから、レオナルドは変なこと言いふらしたりしないでね！」

「だけど……」

「絶対よ！」

マリアに怒鳴りつけられて、レオナルドは叱られた犬のように項垂《うなだ》れた。

マリアはビアトリスたちの方に向き直ると、傲然と顔を上げて言った。

「私は今でも不正を疑ってますけど、皆の前で言ったのは軽率でしたし、あの場をおさめるにはアーネストさまがああ言うしかなかったことも納得しています。ウォルトンさんも、アーネストさまが私より自分の味方をしてくれたなんて思わないでください。それじゃ、行きましょうレオナルド」

マリアはそう言い捨てると、レオナルドを引っ張って部屋を出て行った。

「……信じられないな、あんな目に遭わされてもまだアーネストを庇うのか」

ややあって、カインが呆れた声を上げた。

「私は彼女の気持ちが分かるような気がします」

「そうか？」

「ええ、慕っている相手から理不尽な目に遭わされたとき、相手が酷い人間であることを認めるよりも、自分が相手から大切にされていないことを認めるよりも、自分の行動に非があったせいだと考える方が楽なんです」

それはビアトリス自身にも覚えのある感情だった。

本心から好きだった相手の正体を認めるのは、とても勇気がいることだ。

「それにしても、よりによってレオナルドに知られてしまうとは、これは生徒会崩壊の危機ですね」

シリルがやれやれとばかりに嘆息した。

「アーネストの自業自得だろう」

「今殿下は少々不安定なんですよ。仲間をこんな風に扱うデメリットはわきまえておられるはずなんですけど、最近はちょっとたがが外れてきていると言いますか……そういうわけでビアトリス嬢、アーネスト殿下といい加減に仲直りしていただけませんか？」

「はい？」

話の流れが見えなくて、ビアトリスは怪訝な声を上げた。

「前に申し上げたでしょう？　貴方が生徒会を辞めたころから殿下の様子がおかしいって。いえあえて言うなら、貴方が殿下と一緒に昼食を取らなくなった辺りから、かもしれませんけど。いずれにしても殿下の変調の原因はおそらく貴方にあるんです。貴方さえ殿下と仲直りしていただければ、もうこんな無茶な真似をすることもなくなると思うんですよね、僕は」

「仲直りと言われましても、別に喧嘩しているわけではありませんので」

そもそも仲直りとはなんだろう。自分にとってアーネストとの「仲直り」とは、入学前の幼いころにまでさかのぼる。いつの日かあのころの関係に返ることを夢見て、長い間ひたすら関係改善を試みてきた。アーネストが振り返ってくれさえすれば、あの日々に戻れると信じていた。

しかし実際問題、アーネストがかつてのように優しく振る舞ったとしても、今の自分はあのころのような感情を彼に抱くことができるのだろうか。

八歳のときにアーネストと婚約して以来、いずれアーネストの妃となることはビアトリスの中で確定事項になっていた。幸せな花嫁になるにせよ、不幸な花嫁になるにせよ、彼と結婚することと自体は微塵も揺らぐことはなく、ビアトリスの前に厳然と存在し続けた。それ以外の未来なんてまるで考えもしなかった。

（だけど……それでいいのかしら）

自分はどうしたいのか。今後アーネストとどうなりたいのか。あるいはなりたくないのか。アーネストに、そして自分自身に、本気で向き合う覚悟を決めるときが来ていた。

週末の外出先は、マーガレットの熱心な希望で柑橘系スイーツが売りの店に決まった。なんでも婚約者の領地が有名な柑橘類の産地なので、柑橘類の美味しい食べ方について色々研究したいのだという。

「果物をそのまま出荷するだけじゃなくて、美味しく加工して名産品にできたら素敵でしょう？」

マーガレットはライムを使ったケーキとオレンジティーを前にして言った。

領地はほとんど管理人任せにする貴族も少なくない中で、マーガレットの婚約者は先祖から受け継いだ伯爵領を豊かにすることに情熱を注いでおり、マーガレットも彼の力になりたいらしい。

「マーガレットって意外と尽くすタイプだったのね」

からかうように言うシャーロットに「別にそういうんじゃないわよ」と照れる姿が、微笑ましくも愛らしい。若奥さまとなったマーガレットが、夫と二人で顔を付き合わせながら領地を経営する光景が想像できて、なんだか羨ましくなってしまう。

「そういうシャーロットはどうなのよ」

「私は別に。あの方は私よりずっと大人だし、領地経営について私が口出しするつもりはないわよ。とにかく侯爵家の妻として恥ずかしくないように家政と社交を頑張るつもり」

シャーロットも現在とある侯爵との縁談が持ち上がっている。シャーロットより一回り年上だが、文化芸術に造詣が深く、色んな画家や作家を後援するのが趣味だとのこと。

自身も絵を描くのが好きらしく、「結婚したら君の肖像画を描かせてほしい、なんておっしゃるのよ」と恥ずかしそうに報告してきたので、出来上がったら絶対見せるようにと、二人がかりで約束させた。

出来上がった絵はきっと侯爵邸に大切に飾られるのだろう。美しく着飾るシャーロット、赤ん坊を抱くシャーロット、子供たちに囲まれるシャーロットと、彼女をモデルにした絵は少しずつ増えていくのだろう。

幸せな光景が目に浮かぶようで、ビアトリスは思わず顔をほころばせた。

友人たちと柑橘系スイーツの店をはしごした翌日、ビアトリスは王妃教育を受けるために王宮へと赴いた。

久しぶりに会ったアメリア王妃は、今回の試験結果にいたくご立腹のご様子で、自分を後回しにして人のためにばかり頑張りすぎるのはアーネストの悪い癖だわそういうときこそ傍にいる貴方がきちんと見てあげなくては駄目なのに貴方はアーネストを支える立場だということを自覚してくれなくちゃ困るわね自分だけが目立てばいいなんて考えは捨てなければいけないわもちろんお勉強ができるのは悪いことではないけれど首席をとって得意がっているようでは駄目なのよとこんこんとお説教を受けていたら、やがてアーネストがお茶の誘いに現れた。

今回は半ば予期したことなので、特に驚きはしなかった。前回と同様にサンルームへエスコートしようとするアーネストに対し、ビアトリスは久しぶりに王宮の庭を見たいと主張した。

「昔、連れて行ってくださったアーネストさまの秘密の場所に行ってみたいんですの」

出会って三回目のお茶会で、アーネストが連れて行ってくれた特別な場所だ。

そこは王宮庭園の奥深く、木立の間に湧き出した小さな泉のある空間で、初めてアーネストに見せられたときは、王都の真ん中にこんなところがあるなんて、とひどく感動したものである。

こうして今目の前にしても、やはり幻想的で美しい。

「よくこんなところを覚えていたね」

「大切な思い出ですもの。忘れたりしませんわ」

「そうか、嬉しいよ」

そう、アーネストとの間には素敵な思い出がたくさんある。

思い出。全て思い出ばかり。

「アーネストさま、お願いがあるんですの」

「なんだいトリシァ？」

「私との婚約を解消してくださいませ」

するりとアーネストから表情が抜け落ちた。

木立の陰に無表情でたたずむ彼は、まるで美しい幽霊のようだ。

「申し訳ありませんアーネストさま。貴方と共に歩む未来が、私にはもう見えないのです」

第九章 婚約解消に向けて

ややあって、アーネストは駄々をこねる子供に言い聞かせるような口調で言った。

「……トリシァ、もういい加減、すねるのはよせ」

「はい？」

「確かに俺は今まで君に少し冷たかったと思う。君だけを特別扱いするわけにはいかないと意識するあまり、君にことさらそっけない態度をとってしまったことは否めない。そのことが君を傷つけたのなら本当に悪かったと思う。でも、だからといって、婚約解消まで持ち出すのはやりすぎだ。あまり俺を困らせないでくれ」

「アーネストさま、私は別に、貴方を困らせるために申し上げているのではありません」

「じゃあなぜそんなことを言う」

「先ほど申し上げた通り、貴方と共に歩む未来が見えないから、共にやっていけると思えないからです」

マーガレットもシャーロットも、己の婚約者と共に歩む未来を楽しげに思い描いている。しかしビアトリスとアーネストの間にあるのは過去ばかりだ。幸せな過去はたくさんあっても、未来への展望は一つもない。こうして彼を前にしても、ただの一つも湧いてこない。

「……本気なのか？」

「本気です」

「なぜだトリシァ、君は、俺が好きだろう？」

「好きでした。ですが今はもう、貴方のことが分かりません」

「俺を裏切るのか？　……あいつの方が良くなったから？」

アーネストの目に狂気じみた憎悪がやどる。生徒会を辞めたときと同様に。

あのときビアトリスは怯えて混乱し、彼のさらなる暴走を招いた。

しかし今度はひるむことなく、彼の眼差しを受け止めた。

「あいつというのがカイン・メリウェザーのことをおっしゃっているのなら、まったく違うと申し上げます。彼はなんの関係もありません。私たちの信頼関係を裏切ったのは私ではなく、アーネストさまの方です」

「俺が君を裏切った？」

「私が実家の力で無理やりアーネストさまの婚約者におさまった、とおっしゃいましたよね」

「なんの話だ？　そんなことは言っていないぞ」

心底怪訝そうな、困惑した声音でアーネストが言う。彼を前にしていると、まるでなんの落ち度もない善良な王子さまに、無茶な言いがかりをつけているような、後ろめたい気持ちになってくる。この人は、なぜこんなにも仮面をかぶるのが上手いのだろう。

「複数の生徒から、貴方がおっしゃったと聞きました。探せば証人はいくらでも見つかるはずです」

「……覚えていないが、もしかしたらほんの冗談でそんなことを言ったことがあるかもしれないな」

　アーネストが苦笑する。

「しかしそんなものはただの軽口だ。笑って流すような話だし、誰も本気になんかしていない。ただの軽口にむきになって怒るなんて、君はちょっとおかしいぞ」

「……確かにアーネストさまはほんの冗談として、そう言えば一般生徒に受けるから、彼らが喜ぶからという軽い気持ちでおっしゃったのかもしれませんね」

　ビアトリスは感情的になりそうになるのを必死に抑え、あくまで静かな口調で言った。

「その程度の理由で、そんな軽い気持ちで、私の体面を踏みにじっても構わないとお考えなのですね。それに腹を立てるのがおかしいのなら、私はおかしくて結構です」

「分かった。もし本当にそんなことを言ったのなら、確かにちょっと軽率だったかもしれない。……つまりその件を俺が取り消して、両家が望んだ婚約だと公にすれば君は納得するんだな？」

「そういうことではありません」

「それじゃあ、他になにが気に入らないんだ？」

「ですからもう、個別の件がどうこうという段階ではないのです」

「俺に不満があるんだろう？　他になにがあるのか言ってみろ」

言葉が通じない。なにを言っても伝わらない。いつからこんなにも離れてしまったのだろう。

「……試験で私が不正をしたと、マリア・アドラー副会長におっしゃいましたよね」

「なんの話だ？　不正を言い出したのはマリアだぞ」

「貴方が言い出したから、副会長は暴走したのではありませんか？」

「もしかしてマリアからなにか吹き込まれたのか？　それで君は怒っているのか？　あいつの言うことなんか信じるな」

「誰を信じるかは私が決めます。私は副会長より貴方のことが信じられません。貴方と共に歩む未来が思い描けません。どうか私との婚約を解消してください」

「君は俺のものだ。なにがあろうと手放すつもりはない」

アーネストの両の手のひらがビアトリスの髪に触れ、そのまま頭を包み込んだ。

「トリシァ、君は俺のものだ。絶対に誰にも渡さない」

ビアトリスの頭を押さえるアーネストの両手に力がこもる。

強く強く。

痛みを感じるほどに強く。

動けないままのビアトリスに、アーネストの顔が近づいてくる。

生温かい感触が唇に触れて、離れていくまで、ビアトリスはぎゅっと拳を握りしめていた。

「……気がお済みですか？」

淡々とした声で尋ねると、アーネストの手がゆるんだ。

「それでは失礼いたします。さようなら、アーネスト殿下」

しとやかにカーテシーをしてから、長い間恋い慕っていた王子さまに背を向ける。

静かに立ち去るビアトリスの背中に、絡みつくような視線がどこまでも追ってくるようだった。


帰りの馬車の中、ビアトリスは己が震えているのに気が付いた。

（やっぱりこうなってしまったわね……）

すんなりとはいかないのは、半ば分かっていたことだった。それでも本人に直接ぶつかることを選んだのは、ビアトリスなりに筋を通したかったからである。

なんといってもアーネストは八歳のころに自ら望んで婚約し、ずっと付き合ってきた相手だ。最後はきちんと向き合って、直接決別を伝えたかった。

しかしこうなった以上は、公爵家から王家に申し入れて、婚約解消してもらうしかないだろう。

（大丈夫、お父さまはきっと分かってくださるわ）

ビアトリスは震える肩を押さえつつ、何度も己にそう言い聞かせていた。

王宮から帰宅したあと、ビアトリスはさっそく父の執務室のドアを叩いた。

アーネストとの婚約を解消したいというビアトリスに対し、父は驚き、困惑し、やがていたわるような眼差しを向けた。

「殿下とは上手くいっているとばかり思っていたが、まさかお前がそんなに悩んでいたとはな……」

「ごめんなさいお父さま、もっと早くにお話しするべきでした」

「いや、私の方こそお前の気持ちにもっと気を付けるべきだった。すまなかったなビアトリス、お前は一人でずっと苦しんでいたんだな」

その声はどこまでも優しく、包み込むように温かい。思わず涙ぐみそうになるビアトリスに対し、父は言葉を続けた。

「これからは時間を設けて、親子でもっとちゃんと話をすることにしよう」

「はい……それでお父さま、婚約解消についてなのですが」

「うん、そのことなんだがな……今だから言うが、私も結婚前はスーザンと上手くやっていけるかどうか、大層不安に思ったものだよ。スーザンの方も私のことをいかめしくて気難しい人だと思って、嫁いでくるまで不安に思っていたらしい。――しかし、結婚してしまえば意外となんとかなるものだ」

「あの、お父さま、そういうことではないんです」

「まあ聞きなさい、私にも覚えがあるんだが、若いときはちょっとしたことでこじれたりすれ違ったりするものだ。相手の思惑を大げさにとらえて、ひどい人だと思い込んでしまったりな。それにお前は王家に嫁ぐわけだから、王妃として上手くやっていけるかという不安も大きいだろう。しかしお前ならきっと大丈夫だ。前にお会いしたとき、アメリア王妃もお前を褒めていらしたよ」

「お父さま、先ほど申し上げた通り、アーネスト殿下は私が実家の力で無理やり婚約者になったと侮辱なさったんです。そのような方とやっていくのは不可能です」

「その暴言について、アーネスト殿下ははっきり認めておられるのか？」

「……覚えてないが、冗談で言ったことがあるかもしれないと」

「そんな曖昧な理由で人を責めることは正しくない。試験で不正をしたという侮辱にしても、その平民の女生徒一人が言っていることなんだろう？　こう言ってはなんだが、アーネスト殿下よりその女生徒を信じるというのは私には理解できないな。私はこれでも人を見る目はあるつもりだが、アーネスト殿下は真面目で誠実で、少し厳しいところはあるにせよ、根は大変優しい方だと思うよ」

「お父さま、違います。そうではないんです……！」

ビアトリスは今までアーネストから受けてきた仕打ちの一つ一つを、改めて父親に説明しようと試みた。ビアトリスに対する冷たい口調、蔑みに満ちた眼差し、追い払うような態度、それを見た一般生徒の嘲笑と、悪意のこもった陰口。

しかし一つ一つを具体的に言葉にすると、それらはなんとも曖昧で、実に些細な他愛もないことのように聞こえてしまう。あの眼差し、あの声音、あの嘲笑、ビアトリスが繰り返し味わったどうしようもない惨めさは、その場にいて、その立場になってみないと分かりようのないものだ。

言いようのないもどかしさを覚えつつ、ビアトリスは必死で言葉を紡いだ。

「……つまり、どうあっても婚約を解消したいと言うんだね」

しばらく耳を傾けたあと、父は深々とため息をついた。

「はい。ごめんなさいお父さま」

「ビアトリス、お前の婚約は我が家に便宜を図るためのものではない。打診があったあの時点では、お断りしてもなんら問題はなかった。いや婚約したあとでも半年くらいなら、円満に解消する術はあったろう。しかし今はもう、そういう段階を過ぎている」

父は噛んで含めるように言葉を続けた。

「お前は何年もの間、アメリア王妃を始め王宮の多くの方のご協力によって王妃教育を受けてきた。周囲の人間も皆お前が王妃になるものと認識している。それをお前一人のわがままで、今から全て覆したらどうなることか。いくらウォルトン公爵家の娘といえど、お前はもう二度とまともな縁談は望めまい」

「それはもちろん覚悟しています」

仮に結婚相手が見つからなかったにしても、ビアトリスには祖母から個人的に受け継いだ遺産があるし、一人でつつましく生きていくことくらいは十分に可能なはずである。世間からは「嫁き遅れの老嬢」と揶揄されるかもしれないが、相容れない相手と四六時中気を張って過ごすよりは、はるかに人間らしい暮らしが送れるだろう。
「そうか。それならお前はそれでいいだろう。私やスーザンも社交界は好まないし、ほとんど領地にいるのだから別に構わない。しかしお前の兄のダグラスはどうなると思う？　留学から帰って来てみたら、跡を継ぐべきウォルトン家がすっかり信用をなくして、貴族社会で腫れ物扱いになっているのを、一体どう受け止めたらいいと思うんだ？　ビアトリス、どうしてもというのなら、婚約を解消する正当な理由を、お前自身の手で見つけてきなさい。ウォルトン家に対する侮辱でも、お前自身に対する侮辱でもいい。単なる噂話ではなく、殿下が確かにそうおっしゃったという証言を、証言者の署名入りでもらってきなさい。……話はせめてそこからだ」

父との話し合いを終え、自分の部屋に戻ったビアトリスは、ずるずると床に座り込みそうになった。

むろんビアトリスとて二つ返事で受け入れられると思っていたわけではない。しかしここまで取り付く島もないとは思わなかった。

（理不尽だと思ってはいけないわ。お父さまのおっしゃっているのは、ウォルトン家の家長として当然のことだもの）

本人の心一つで長年に渡る王家との契約を反故にするなんて、いくら高位貴族といえど、いや高位貴族だからこそ、軽々に許されるべきことではない。だから父がビアトリスに正当な理由を求めたのは、至極真っ当なことだともいえる。

それなのに、なぜこんなにも裏切られたような気持ちになっているのか、なにがそこまで自分を打ちのめしたのか、改めて己の心を振り返って、その原因がアーネストに対する父の言葉にあると気が付いた。

――私はこれでも人を見る目はあるつもりだが、アーネスト殿下は真面目で誠実で、少し厳しいところはあるにせよ、根は大変優しい方だと思うよ。

それは今まで色んな人間から、繰り返し耳にしてきたアーネストの人物評だった。

お優しい王太子殿下。ご立派な王太子殿下。いつだってアーネストは正しくて完璧で、誰もが彼の味方になるのだ。彼の意に沿わないビアトリス・ウォルトンは惨めな悪役でしかない。

それでもビアトリスの家族は、家族だけは、アーネストよりもビアトリスの味方をしてくれると信じていた。それなのに――

真っ黒い絶望に飲み込まれそうになったとき、ふと飾り棚の猫が目に入った。

カインからの贈り物。あれと同じものがマーガレットとシャーロットの部屋にも飾られている。

陶器の猫を眺めているうちに、次第に心が静まってきた。

そうだ。別に誰もがアーネストの味方をするわけではない。今の自分は混乱していて、色んなことを大げさにとらえてしまっているだけだ。

(そもそもアーネストさまのひどい態度のことは、私が今までずっと隠してきたんだもの。お父さまだっていきなり言われても信じられなくて当然だわ)

ビアトリスは飾り棚から陶器の猫を手にとって、そっと胸元に押し当てた。

ひやりと冷たかった猫はビアトリスの手のひらの中で、次第にぬくもりを帯びていった。

翌朝。あずまやでカインに会ったビアトリスは、ことの次第を打ち明けた。

不正疑惑の一件で、もうアーネストとはやっていけないと痛感したこと。まずは穏便な方法をと思い、アーネスト本人に解消を申し入れたが、受け入れてもらえなかったこと。公爵家から解消してもらえるよう父に頼んだが、正当な理由がなければ駄目だと言われたこと。

「分かっているんです。父が言っているのは当然のことだって。今の状況はなにもかも、私の甘さが招いたことです」

せめてアーネストの態度が変わり始めたときすぐに父に伝えていれば、そのころから繰り返し被害を訴え続けていれば、対応は違っていただろう。

両親を心配させたくない、情けない娘だと失望されたくない、そんな思いから全て一人で抱え込んでいた愚かさを、今さらながらに思い知る。

「でも私はこのまま諦めるわけにはいきません。あのとき私に『殿下ははっきりそうおっしゃってましたわ』と言った令嬢たちを探します。他にも『付きまとわれて迷惑している』というたぐいの発言を、殿下から直接聞いた人がいないか当たってみます」

見つかったところで証言してくれるかどうかは分からないが、それでもやらないよりはマシだろう。

「彼女らの特徴を教えてくれたら、俺も君に協力しよう。そのほかの暴言についても、直接聞いた者がいないか、俺の実家と繋がりのある生徒に声をかけてみるよ」

「ありがとうございます」

「それからビアトリス」

「なんでしょう」

「アーネストとの婚約解消、俺は個人的にも歓迎するよ」

カインはふわりと微笑んだ。そのときこみ上げてきた懐かしさの理由を、ビアトリスはおぼろげながら分かったような気がしていた。

教室に戻ったビアトリスは、登校してきたマーガレットとシャーロットにも、今までの経緯を打ち明けた。二人は驚いていたが、証言者探しに協力することを自ら申し出てくれた。

「ごめんなさい。私が証言できたら一番いいのだけど、殿下からそういう話を直接聞いたことってないのよね」

「私も。殿下がそうおっしゃったって、人が噂しているのを聞いたことはあるんだけど」

二人は申し訳なさそうに語ったが、実際のところ、噂なんて大体そんなものだろう。生徒から生徒へと拡散され、校内誰もが知る公然の事実となった話でも、本人から直接聞いたという人間は、思いのほか少ないものである。

それでも「噂していた子の名前は憶えているから、誰から聞いたか尋ねてみるわ」とのこと。

証言者探しには、途中からフィールズ姉妹も加わった。

そして彼と彼女らの助力によって、ビアトリスはわずか二日のうちに、あのときの少女ら全てと接触することができたのである。

ところが彼女らは判で押したように、まるで同じ反応を見せた。

「まあ、私たちはそんなことをビアトリスさまにお話ししたでしょうか。全く記憶にありませんわ。失礼ですが、なにかの間違いじゃありませんか?」

他の侮辱発言に関しても、同じことが繰り返された。噂の糸を手繰って手繰って、ようやく「アーネストから直接聞いた」と吹聴していた人間にたどり着いても、皆一様に首を傾げて、「そんなことを言ったでしょうか」「申し訳ありませんが、まるで記憶にありません」と言を左右にするばかり。

あくまでしらを切りつつも、その態度はあくまで慇懃《いんぎん》で、かつてのような攻撃的な態度は綺麗に影を潜めている。その一糸乱れぬ異様さは、まるで「誰か」の指示のもとに、あらかじめ口裏を合わせているかのようだった。

（アーネスト殿下の仕業だわ）

ビアトリスに婚約解消を告げられて、解消の大義名分になりそうな件について先手を打ったということか。いやこの手際の良さから察するに、もしかするともっと前、ビアトリスが距離を置き始めた辺りから、いざというときの不安材料を一つ一つ潰していったのかもしれない。

なにしろアーネストは「アーネストの口から侮辱発言を直接聞いた相手」を最初から把握しているわけで、対象人物を呼び出して釘を刺しておくことに、さしたる手間はかからない。なにも分からず手探り状態のビアトリスたちとはあまりに条件が違いすぎる。

ビアトリスは頭を抱えたくなった。

まるで出口が見えないまま、じりじりと焦燥感ばかりがつのっていく。

（あと可能性があるとすれば……彼女くらいのものかしら）

ビアトリスは先日会ったストロベリーブロンドの少女を思い浮かべた。

――そうです。アーネストさまが、トリシァがいきなり一位なんておかしい、不正の可能性があるっておっしゃったんです。

事実なら、これは到底「軽口」などと言い逃れできない、正真正銘の侮辱である。

加えてマリア・アドラーはアーネスト王太子殿下が自ら「王立学院の生徒会副会長にふさわしい」と判断し、抜擢したほどの逸材だ。アーネストはビアトリスと二人きりのときに「あいつの言うことなんか信じるな」などと言ってはいたが、まさか表立ってそんなことを口にできようはずもない。アーネスト自ら抜擢した逸材を「平気で嘘をつく人物」扱いすることは、とりもなおさずアーネストの人を見る目のなさを公に認めるのと同義である。

王家に対する限りにおいて、マリア・アドラーの証人としての価値は非常に高いと言えるだろう。

マリアがあのときの発言を紙に記して署名してくれさえすれば、父の言う「婚約破棄をする正当な理由」を満たすことは可能である。

（ただ問題は、彼女が協力してくれるかということなのよね……）

前回会った印象では、マリアはあんな目に遭わされてもなお、アーネストを深く信奉している。単なるファンや取りまき程度とはわけが違う、正真正銘の崇拝だ。その彼女がアーネストの意に反する形で、大嫌いなビアトリスに協力することなどあり得るだろうか。むしろふざけるなと罵倒され、追い返されるのが関の山ではないのか。

ただ唯一希望があるとすれば、彼女のアーネストに対する思いには、純粋な尊敬のみならず、恋愛めいた感情が少なからず含まれているように思われることだ。ビアトリスがアーネストと婚約解消すること自体は、マリアとしても歓迎するところではなかろうか。

期待と不安の間を揺れ動きつつ、ビアトリスはマリアが所属しているクラスの教室へと赴いた。

しかしながら、その訪問は空振りに終わった。

「マリアは二日前に早退して以来、学校を休んでるんだ」

同じクラスのレオナルドは不安そうな顔をしてそう語った。なんでも昼休みに教室を出たあと、そのまま戻らなかったという。残された鞄は同じ寮の女生徒が部屋に届けたとのこと。

「その直前にしゃべったときは元気そうだったから、なんか気になってんだよな。……なぁ、あいつは本当に病気なのかな」

レオナルドの言葉に、ぞくりと冷たいものがビアトリスの背筋を走った。

（まさかアーネスト殿下が口封じになにか……？　ううん、まさか、いくらなんでも）

「……彼女には同じ寮生の友人はいないんですか？　その方に聞いたら様子が分かるんじゃないでしょうか」

「いやそれが、あいつ女友達いねぇんだよ。元々友達自体が少ねぇし」

「そうなんですか」

ビアトリスは初めてマリアに親近感を覚えた。

「では昼休みに私が女子寮に行って様子を見てきます。彼女の友人だといえば、きっと入れてくれると思います」

「ああ、悪いな。恩に着るよ」

「いえ、私も彼女に大切な用事がありますから」

今のレオナルドからは、かつて生徒会で会ったときに感じた敵意はまるで感じられなかった。これはアーネストの指示ではなく、むしろ逆の理由だろう。不正疑惑の一件でアーネストへの妄信がなくなったからこそ、ビアトリスに対する敵対心も消えたのだ。この調子でマリアも変わってくれたらありがたいのだが。


マリアのいる女子寮の寮監は、「事なかれ主義のジョーンズ」の二つ名を持つ女教師で、部外者を中に入れることを当初渋っていたものの、ビアトリスがウォルトン公爵令嬢であることや、生徒会役員のレオナルドがマリアの友人だと保証したこともあり、結局ビアトリスを寮内に入れることに同意した。

ジョーンズ女史によれば、マリアは二日前にシリル・パーマーに送られて帰って来たあと、「風邪を引いた」と言って自室に引きこもっているという。その際、うつむきがちで顔色はよく分からなかったが、足取りはしっかりしていたとのこと。

「食事は隣室の生徒が交代で運んでますよ。本人が顔を合わせたがらないので、トレイはいつも部屋の前に置くようにさせています」

教えられた部屋の前に行ってノックすると、中で人が動く気配がした。しかしドアが開かれることはなく、中にいる人物はこちらの様子をじっとうかがっているようだった。

ビアトリスはしばらく待ってから再びノックしたのち、声をかけた。

「アドラーさん、中にいらっしゃるんですか？」

答えはない。

「アドラーさん、お元気かどうか、お顔だけでも見せていただけませんか？」

「……ウォルトンさんが、一体なにをしに来たんですか？」

ようやく返ってきたのは、猜疑心に満ちた声だった。紛れもないマリア・アドラーの声音に胸をなでおろしつつ、ビアトリスは言葉を続けた。

「レオナルド・シンクレアさまに、貴方の様子を見て来てほしいと頼まれたんです。随分と心配していらっしゃるようでした」

「レオナルドが……そうですか。風邪を引いて休んでいるだけですから、そう伝えてください」

「ドアを開けて、お姿を見せていただけませんか？」

「それは無理です。……その、うつすかもしれないので」

マリアが付け加えた理由は、いかにも言い訳じみていた。こう言ってはなんだが、マリア・アドラーがビアトリスの健康を気遣うとは思えない。

なにか顔を出せない理由でもあるのだろうか。

「風邪がうつるくらい、私は別に気にしません」

「私は気にするんです。……用が済んだらもう帰ってくれませんか？」

「申し訳ありませんが、私も個人的に、貴方にお願いしたいことがあるんです」

「お願いしたいこと？」

「はい。この前貴方にうかがった試験の不正疑惑の件で、貴方に証言をお願いしたいんです。あれを言い出したのはアーネスト殿下だと――」

「ふざけないで！」

ビアトリスの言葉を、怒りに満ちた声が遮った。

「ふざけないでください。よくも図々しい……なんで私が貴方なんかのために……それじゃあ見せてあげますよ。貴方のせいで、私がどんな目に遭ったのか！」

ようやく扉が開き、マリアが姿を現した。その顔に、ビアトリスは思わず息をのんだ。

ストロベリーブロンドに愛らしいハシバミ色の瞳は相変わらずだが、形の良い唇の端が切れ、口元に痣《あざ》が出来ている。まるで誰かに殴られたような痛々しい傷跡だ。

「……それは、アーネスト殿下に？」

「貴方のせいです。貴方がアーネストさまに余計なことを言ったから……いいえ、今回だけじゃありません。貴方が生徒会に来たときから、アーネストさまはずっと変なんです。本当はとても優しい方なのに、貴方が絡むとアーネストさまはおかしくなるんです。貴方さえ関わってこなければ、私たちはとても上手くいっていたのに……毎日がすごく幸せだったのに……もういい加減、私たちを放っておいてくれませんか？」

最後の方は、ほとんど悲鳴のようだった。

ビアトリスにしてみれば、マリアの言葉は言いがかりに近いものだった。生徒会に誘ったのはアーネストだし、試験についてもアーネストが一方的に仕掛けたことだ。ビアトリスの方からアーネストとマリアに絡んでいるわけではない。

とはいえマリアの発言をアーネストに対して匂わせたのは、紛れもなくビアトリスの落ち度である。

「申し訳ありません。貴方の怪我は、私の不用意な言葉が原因です」

「自覚はあるんですね。そうですよ。全部貴方のせいです。アーネストさまはこんなことをなさる方じゃないのに、貴方がおかしくさせているんです」

「あいにくですが、そちらは同意できません。アーネスト殿下がひどいことをするのは、アーネスト殿下がそういう方だからです」

「なにも知らないくせに、いい加減なこと言わないでください。今まで私たちと一緒にいるときのアーネストさまがどれほど――」

「アドラーさん、信じられないかもしれませんけど、私とアーネスト殿下は元々とても仲が良かったんですよ」

ビアトリスの言葉に、初めてマリアの表情が変わった。

「……馬鹿馬鹿しい、そんなでたらめ、誰が信じると思うんですか」

「私はウォルトン公爵家の娘です。嫁ぎ先などいくらでも選べる立場です。いくら王子殿下でも、最初からあんな邪険な態度を取られていたら、婚約なんて結ぶわけがないと思いませんか？」

「じゃあなんで」

「直接的な原因は分かりません。あるときから急に変わってしまわれました。私は自分のせいだと考えて、あれが悪かったのか、これが悪かったのかと随分思い悩みました。ある意味、私もアドラーさんと同じです。優しいアーネスト殿下こそが本来の姿だと思い込んで、殿下がひどい態度を取る原因を他に求めようとしたんです。それさえなんとかできれば、元の優しい殿下に戻ってくださると信じて……でも私は最近やっと分かったんです。アーネスト殿下がああいう態度を取る原因は、結局のところ殿下ご自身にあるんです。単にアーネスト殿下がそういう方だからなんです。それが分かったから、婚約を解消しようとしているんです」

マリアはしばらく無言でじっとビアトリスを見つめていた。なにかを言いかけ、ためらうように口を閉ざし、やがて力なくうつむいた。

「帰ってください。怪我のことは絶対にレオナルドに言わないで」

「マリアさ――」

「お願いです、帰ってください！」

「分かりました。怪我が早く良くなるようにお祈りしています」

ビアトリスはそう言いおいて、マリアのもとを辞した。

署名入りの証言は結局手に入らないままだった。

寮の階段を降りながら、ビアトリスは何度か足がもつれそうになった。マリアの痛々しい口元が繰り返し脳裏に蘇る。

（まさか女性に暴力を振るうなんて）

信じられない、信じたくない思いだった。

ビアトリスは今までアーネストに邪険にされたことは散々あるが、さすがに暴力を振るわれたことはない。これはマリアとビアトリスを区別しているということなのか。それともシリルの言っていた最近の不安定さの表れなのか。

――今殿下は少々不安定なんですよ。仲間をこんな風に扱うデメリットはわきまえておられるはずなんですけど、最近はちょっとたがが外れてきていると言いますか……そういうわけでビアトリス嬢、アーネスト殿下といい加減に仲直りしていただけませんか？

シリルが自分に告げた科白が、今になって重くのしかかってくるようだ。自分に対するアーネストの感情が分からない。あれだけ冷たく遠ざけていたというのに、なぜ今になってここまでビアトリスに執着するのか。彼にとって自分は一体なんなのか。

（……ううん、今はそんなことを考えている場合じゃないわね）

今考えるべきは、アーネストの内心ではなく、目の前の問題をどうするかだ。婚約解消のための善後策と、マリアの案件への対応措置と。

マリアはああ言っていたが、本当にこの事態を放置していいのだろうか。表ざたにするのはともかくとしても、せめてレオナルドには相談するべきではないか？

（だけど彼に相談するのって、ほとんど表ざたにするのと同じことじゃないかしら）

レオナルド・シンクレアはどうも直情的に行動するきらいがある上、マリア・アドラーに特別な好意を抱いているようだ。その彼女が傷つけられたとなれば、いくら「マリアが望んでいない」と言ったところで、大人しく引き下がるとは思えない。いっそそれが良い方向に働けばと思わないでもないのだが、事態を楽観できないのは、やはり相手があのアーネスト王太子殿下だからである。

レオナルドが騒ぎ立てることで、アーネストの行為が白日のもとに晒されるならそれでいい。マリアがそれを否定して、レオナルドがピエロになるのも仕方ない。

最悪なのは、それが回り回ってマリアの狂言扱いされてしまうことである。「マリアがアーネストに諫められたことを逆恨みして、他の理由でついた傷をアーネストの仕業だと吹聴し、真に受けたレオナルドが激高した」というのは、「俺たちのアーネスト殿下」を持て囃《はや》す生徒たちにとっては、実におさまりがいいストーリーだ。アーネスト自身もそう誘導するであろうことは想像するに難くない。

（やっぱり彼に伝えるのはいったん保留にするべきね）

これはもう少し冷静に対処できる人間――カインかマリア本人にでも改めて相談すべき案件だ。それでは外で待っているレオナルドに対して、とりあえずなんと言うべきか。単に風邪を引いたとだけ言って、素直に納得してくれればいいのだが。

――などと思い悩んでいたのだが、結局のところ、ビアトリスに選択の余地はなかった。女子寮を出たビアトリスを待っていたのはレオナルドだけではなかったからである。


「やあトリシァ、ご苦労さま」

「……なんで殿下とパーマーさまがここに」

「僕たちはレオナルドを探しに来たんですよ。彼はここのところ生徒会をさぼりがちなので、どうしたのかと思って教室に行ってみたら、ビアトリス嬢と一緒に女子寮に行ったと聞いたので」

「トリシァはマリアの調子を見に行ってくれたんだってね。俺たち男性陣は女子寮には入れないから助かるよ。――それで、どうだった？」

　そう尋ねるアーネストは、まるで面白がっているようだった。

「……アドラーさんとはドア越しにお話ししましたけど、お元気そうでした。風邪を引いたから、うつすわけにはいかないとおっしゃっていたので、直接顔を合わせることはありませんでしたけど」

「マリアは元気そうだったのか。それは良かった。なぁレオナルド」

「ああ……」

レオナルドはどこか不安げな眼差しをビアトリスに向けたが、それ以上なにも言わなかった。

「それじゃシリルはレオナルドと一緒に先に帰ってくれないかな。俺はトリシァと婚約者同士の話があるから」

「分かりました。それじゃレオナルド、行きましょうか」

まるでシリルに連行されるようにして、レオナルドは校舎の方に戻っていった。

そしてアーネストの思惑通り、その場にはビアトリスとアーネストが二人きりで残された。

「殿下は――」

「その呼び方はどうかと思うな。婚約者同士なんだから、今まで通りアーネストと呼んでほしい」

「……もうすぐ婚約者ではなくなりますから」

「ふうん、それじゃマリアから証言をもらえたのかな？」

「いいえ」

「他の生徒からはどうなんだ？」

「いいえ」

「そうか。色々頑張ったのに、残念だったな」

アーネストはいたわるような笑みを浮かべて言った。

「――それで、もう気は済んだかい？」

――気がお済みですか？

まるでいつぞやの意趣返しのように、アーネストが問いかける。ビアトリスはなにも答えられない。

「なぁトリシァ、君はもう十分がんばった。やれるだけのことはやった。精一杯力を尽くした。だから……もう気は済んだろう？」

アーネストの右手がビアトリスに伸び、その頬に優しく触れた。

「もうその辺にしておいた方がいいよ。君一人のわがままで周りのみんなに迷惑をかけるのはとても良くないことだ。君はそれくらい分かっていると思うけど」

指先がこめかみを、頬を、唇を撫でる。

「やっぱり婚約期間が長すぎたのが良くなかったのかな、お互いに。卒業したら結婚する予定だったけど、もう少し早められないか、父上と母上に相談してみるよ。君もそのつもりでいてほしい」

最後にマリアが怪我をしたのと同じ場所をゆっくりとなぞるように触れてから、指はようやく離れていった。

それからしばらくの間、アーネストは楽しげに話し続けた。

もしかしたら生徒会に欠員が出るかもしれないから、そのときはビアトリスに入ってほしいとか、もうすぐ創立祭だからビアトリスにドレスを贈りたいとか、そんな他愛もない話を、とても楽しげに。

笑顔で話しかける貴公子と、静かに耳を傾ける令嬢。それは傍から見れば、仲の良い婚約者同士そのものだったかもしれない。

「君は俺のものだ。今も。そしてこれからも」

予鈴が鳴って、立ち去るアーネストの後ろ姿が見えなくなるまで、ビアトリスはその場を一歩も動けなかった。

そのまま教室に戻る気にはなれず、ビアトリスはいつものあずまやに行くと、長い間ぼんやりと座り込んでいた。

結局自分はどうあがいても、アーネストの手の内から抜け出せないのか。もうなにもかもが手遅れで、自分がやってきたことは単なる自己満足の悪あがきでしかなかったのだろうか。

それでも諦めたくない、このまま大人しくアーネストのものになりたくないと思う反面、そんな無意味な行為のために、周囲の人々を巻き込んでいることに対する罪悪感がぎりぎりとビアトリスの心を苛んでいく。

——もうその辺にしておいた方がいいよ。君一人のわがままで周りのみんなに迷惑をかけるのはとても良くないことだ。君はそれくらい分かっていると思うけど。

——お前は何年もの間、アメリア王妃を始め王宮の多くの方のご協力によって王妃教育を受けてきた。周囲の人間も皆お前が王妃になるものと認識している。それをお前一人のわがままで、今から全て覆したらどうなることか。

先ほど聞いたアーネストの言葉、そして父の言葉が頭の中でぐるぐる回る。

（わがまま……なのかしらね）

思えばマリアの受けた暴力だって、ビアトリスが引き起こしたようなものである。

ビアトリスさえ、余計なことをしなければ。

ビアトリスさえ、大人しく我慢していれば。

なにもかもが自己満足の悪あがきなら、もう諦めて大人しくしている方が良いのかもしれない。

そうすればアーネストも喜ぶし、父や兄や周囲の人たちにも迷惑をかけずに済むだろう。

そんなことをつらつら考えながら、ぼんやりと葉むら越しに空を眺めて——そうして、それから、どれくらいのときが経ったろう。

「ビアトリス、君がさぼるとは意外だな」

澄んだバリトンが耳に響いて、ビアトリスはゆるゆると振り向いた。

案の定、あずまやの入り口に、カイン・メリウェザーが立っていた。まるであの日の再現のように。

「なにかあったのか？」

「いいえ……」

「なにかあったんだろう？　証言が手に入らなくて落ち込んでいるのか？」

カインはいつものように向かいではなく、ビアトリスの隣に腰を下ろし、心配そうに顔を覗き込んできた。

「いっそ俺が証言してやろうか。実際には直接聞いていなくても、聞いたと言い張れば良いだけの話だからな」

「そんな、カインさまにそこまでご迷惑はかけられません」

「迷惑じゃない。俺がそうしたいんだ。俺が介入すると余計にこじれると思って今まで我慢してきたが、ここまできたらもう控えるつもりはない。俺の家の連中も、王家に一矢報いられるなら、むしろ歓迎するだろう。問題はうちと王家の不仲を知っているウォルトン公爵がそれにのってくださるかだが——」

「あの、カインさま、もういいんです」

「もういいって、どういうことだ？」

「ですからその、元々私が望んだ婚約ですし、最近まではずっとそのつもりだったんですから。それなのに今ごろになって婚約を解消しようだなんて考えて、一時の感情で周囲を巻き込んで、振り回して……馬鹿なことをしたと思っています」

ビアトリスはできるだけ明るい声で言った。そして驚きの表情を浮かべるカインに対し、熱心な調子で言葉を続けた。

「考えてみれば、そう悪い状況でもないんです。アーネスト殿下は最近私に優しくて、あまり邪険にもなさいません。生徒会に欠員が出るかもしれないから、代わりに入らないかと私を誘ってくださいました。手伝いじゃなくて、正式なメンバーにしてくださるそうです。創立祭には、私にドレスを贈ってくださるそうです。殿下にドレスを贈っていただけるなんて初めてなので、とても楽しみです。父が言っていました、若いときはちょっとしたことでこじれたりすれ違ったりするものだって。だけど実際に結婚してしまえば意外となんとかなるものだと――」

「ビアトリス」

ふいに強い力で抱き寄せられて、息が止まりそうになる。

「頼むから」

男の人に抱きしめられているのに、不思議なほど抵抗を感じないのは、カインが苦痛に耐えるように小さく震えていたからだろうか。

「頼むから、そんな辛そうな顔をしないでくれ」

かすれた声で、訴えるようにカインが言う。

そういう彼の方こそ辛そうで、胸が締め付けられるようだった。

いつも飄々としていて、頼りになる年上の友人、カイン・メリウェザー。

彼はこんな激情をどこに隠し持っていたのだろう。

「君にそんな顔をされたら、俺はなんのために――」

あるかなきかのか細い声で、それでも確かに、カインは続きを口にした――なんのために死者になったのか分からなくなる、と。

(ああ、やっぱりこの方は)

それはまさかとは思いつつ、ずっと頭の片隅にあった可能性だった。

市井で育ったにしては、あまりに洗練された所作。高い教養。シリルの態度。そして微笑んだときに感じる、いいようのない懐かしさ。

振り積もってきた小さな違和感が一つ一つ腑に落ちていく。

(この方、は)

やがてビアトリスの身体からゆっくりとぬくもりが離れていった。

「……すまない。今のは俺の勝手な感傷だ。君にはなんの責任もないことだ。君に勝手に触れたこともすまなかった」

「いいえ……」

「だけどビアトリス、これだけは覚えておいてほしい。君は自分さえ我慢すれば誰にも迷惑をかけずに済むと思っているのかもしれないが、それはひどい思い違いだ」

「思い違いですか」

「そうだ。俺は君が不幸だと心が痛む。俺だけじゃない。君の大事な友人たちだって、きっと同

じように感じるはずだ」

カインの言葉は、ビアトリスの胸にゆっくりと染み渡っていった。

自分の感情で周りを振り回すのは身勝手な行為だと思っていた。だけど全てを飲み込んで、一人で我慢するのもまた、独りよがりで身勝手な行為といえるのかもしれない。

マーガレットの婚約者は海辺に素敵な城を持っていて、結婚したらシャーロットとビアトリスを招待すると言ってくれた。そのときビアトリスが暗い顔をしていたら、きっと二人はとても心配するだろう。

ビアトリスが不幸になることで、胸を痛める人たちがいる。それはなんて重くて幸せなことなのだろう。

「……カインさま、ありがとうございます。また一人で抱え込もうとして、取り返しのつかない間違いを犯すところでした」

ビアトリスは泣き笑いのような表情を浮かべた。

「おかげでようやく、アーネスト殿下と最後まで戦い抜く覚悟が定まりました」

人をどれほど傷つけても、傷つけられても、戦い抜く覚悟が今やっと。

実際のところ、真っ当な婚約解消を考えるなら、取れる手段はもはやない。生真面目な父はカインの先ほどの提案を受け入れることはないだろう。ならばもう、ビアトリスが取れる手段は一つだけ。ビアトリスに残された道は一つだけだ。

「アーネスト殿下に打ち勝つために、どうか協力してください。カインさま……いえ、第一王子、クリフォード殿下」

第十章　運命のダンスパーティ

それからしばらくの間、なにごともなく日々は過ぎた。

マリア・アドラーは痣が薄くなってから、「風邪が治った」と言って、再び学校に通うようになった。ただ生徒会の方は体調不良を理由に休み続けているということで、いずれ生徒会から籍を抜くことになるかもしれないという。

レオナルドはなにも知らされてはいないものの、野生の勘でなんとなく不穏なものを感じ取っているのか、アーネストやシリルとの間で妙な緊張感が漂っているらしい。おっとりした中立派のウィリアム・ウェッジが緩衝材となっているが、彼がいなければ、生徒会室はさぞやぎすぎすした空気になっただろうということだ。

ちなみにこれらの生徒会情報は、全てカインを通じてシリル・パーマーからもたらされたものである。シリルの相変わらずの蝙蝠《こうもり》ぶりには呆れを通り越して、もはや感心するばかりだ。

一方証言者探しを諦めたビアトリスは、毎日真面目に授業を受け、週末は友人たちと街へ遊びに繰り出した。先日はスイーツを堪能したあと、以前にも行った小間物屋に立ち寄って、様々な品を見て回った。

置いてある品は以前とはだいぶ変わっており、見たことがない新商品がたくさんあった。

その中で一際目を引いたチャームを「ちょうど三色あるから、おそろいで買わない？」と提案したのはビアトリスで、残る二人も同意したので、ビアトリスが赤、マーガレットが青、シャーロットが黄色をそれぞれ購入することになった。

普段使いの他愛もないものだが、あの陶器の猫に続く「友人とおそろい」というのが嬉しくて、なんだか特別なお守りのように感じられる。ビアトリスは細い銀鎖をつけて、普段から身に着けることにした。

そしてアーネストは――アーネストは生徒会業務が立て込んでいるせいか、ビアトリスに直接接触してくることはなかった。あるいはビアトリスに考える時間をくれたつもりなのかもしれない。考えて、己の無力さに絶望するための時間を。

その代わりというわけはないだろうが、公爵邸にはアーネストの名で、見事なドレスが贈られてきた。それは青い絹の一面に金糸の刺繍が施された華やかなもので、公爵令嬢たるビアトリスの目にも、ため息が出るほど美しい。

青と金はアーネストの色であり、王家を象徴する色でもある。ビアトリスが父に創立祭にそれを着てアーネストと踊ることを伝えると、父は「そうか」とほっとしたような顔でうなずいたきり、それ以上なにも聞こうとしなかった。以前ビアトリスが訴えたことは、やはり一時の気の迷いだったのだと、父なりに納得したのだろう。

そしてお待ちかねの王立学院創立祭がやってきた。読んで字のごとく、当時の国王が学院を創立したことを記念するお祭りで、当日は学院内のホールで盛大なダンスパーティが開かれる。

ビアトリスは侍女のアガサに手伝ってもらいながら、贈られたドレスを身にまとい、公爵家に伝わるブルーサファイアの首飾りと耳飾りを身に着けた。髪を整え、姿見に見入っていると、後ろからアガサが誇らしげな調子で言った。

「お嬢さま、本当にお美しゅうございます」

「ありがとうアガサ。アーネストさまは気に入ってくださるかしら」

「まあ、もちろんですとも。きっと惚れ直しますわよ」

「だといいのだけど」

姿見の中のビアトリスは、どこか不安げな表情で己を見返している。ビアトリスは口角を上げて笑みを作ると、ドレスの下に忍ばせたチャームを、上から指先でそっと押さえた。

(どうか最後までやり通せますように)


幸いなことにというべきか、迎えに来たアーネストは、ビアトリスを一目見るなり感嘆の声を上げた。

「思った通りだ。よく似合っている」

「ありがとうございます」

「髪を下ろしたんだな」

「はい。アーネストさまはこちらの方がお好きだとうかがったので」

「そうか。嬉しいよ」

破顔するアーネストに、ビアトリスはいたずらっぽく「それではご褒美をいただけませんか?」と提案した。

「ご褒美?」

「はい。今日はファーストダンスだけではなく、二曲目も三曲目も、最後までずっとアーネストさまと踊りたいのです」

「そんなことか。いいよ、喜んで最後までパートナーを務めるよ」

(そんなこと……ね)

アーネストの返答に、ビアトリスは内心苦笑した。

そんなこと。本当にそんなことだ。今までのビアトリスは「そんなこと」すらしてもらえず、ファーストダンスを踊ったのちは、いつも一人で放置されていた。だからビアトリスが今ここでそれをねだるのは、別に不自然なことではないだろう。

王家の馬車で学院へと向かいながら、二人は他愛もない近況を語り合った。

最初は観察するような視線を向けていたアーネストも、ビアトリスのしおらしい態度に満足したのか、途中からゆったりした態度で、あれこれと楽しげに生徒会や王宮内での愉快なエピソードを披露した。ビアトリスは笑顔で相槌を打ちながら、胸の内からこみ上げてくる感情を持て余していた。

アーネストと決別する。そのためにどれほど相手を傷つけても、傷つけられても、戦い抜く覚悟を決めたつもりだった。しかしいざアーネスト本人を前にして、自分がこれからやろうとしていることを考えると、言いようのない恐怖心に身がすくむような心地がする。

失敗への不安は当然にある。しかしそれ以上に恐ろしいのは成功した場合の方だった。それはすなわちアーネストの破滅を意味している。


やがて馬車は王立学院に到着し、ビアトリスはアーネストにエスコートされて、ホール内へと入場した。

普段締め切られているそこは、高いアーチ形の天井を持つ重厚な造りで、正面にはこの学院の創立者たる国王アーネストの肖像画が飾られている。金の巻き毛に青い瞳。そして繊細な美貌は、どことなく隣にいるアーネストと似ているようにも思われた。

「どうかしたのか？」

「いいえ、なんでも」

絵の中の国王の眼差しが、まるで全てを——自分がこれからアーネストに対して、どれほどひどいことをしようとしているか、その残酷な計画を、ビアトリス・ウォルトンの罪深さを見透かしているように感じられて、ビアトリスは思わず身震いをした。

帰りたい。今切実にそう思う。今すぐに公爵邸に取って返したい。計画なんて忘れたい。なにもかも投げ出してしまいたい。

(投げ出して、それからどうするの?)

全てを諦めてアーネストと結婚するのか。それで後悔しないのか。

(するに決まっているわね、きっと)

ビアトリスはアーネストに笑顔で首を横に振って見せた。

「なんでもありませんわ、アーネストさま」

分かっている。甘い考えは捨て去るべきだ。この手を汚さなければ、非情にならなければ、欲しいものは手に入らない。他に方法がないかと何度も何度も考えて、結局それ以外にないと結論付けた。これ以上迷い続けても不毛なだけだ。

(どうか最後までやり通せますように)

ビアトリスは服の上からそっとチャームに触れると、深呼吸した。

そして型通りのセレモニーが終わり、楽団の演奏が始まった。流れる音楽に合わせて、着飾った生徒たちは次々にホールの中央に滑り出していく。

ビアトリスもアーネストのリードに身を任せ、踊りの輪の中に加わった。アーネストはダンスが巧みだ。それは天与の才ではなく地道な努力の賜物であることを、ビアトリスは知っている。ありとあらゆる面で人より秀でるために、ありとあらゆる面で人並み以上の研鑽を続けている。

そういうところがとても好ましいと思っていた。今までは。

二曲目、三曲目と踊っていくうちに、ビアトリスは少しずつ難易度の高いステップを踊りの中に組み込んでいった。アーネストは最初少し驚いたものの、すぐに心得顔で応じて見せた。

息の合ったステップで高度なダンスを続けて披露していると、次第に周囲の注目が集まってくる。やがて中央で踊っているのはアーネストとビアトリスの二人だけになった。

会場の注目を一身に集め、とびきり優雅に、軽やかに、ステップを踏む。

「疲れてないか？」

「いいえ、ちっとも。とても楽しいですわ」

「トリシァはダンスが上手いね」

「ありがとうございます。アーネストさまもお上手ですわ」

「ふふ、ありがとう」

「でもお兄さまは、もっとお上手なのでしょうね」

アーネストのリードがわずかに乱れた。それでもすぐに立て直したのは、さすがと評するべきだろうか。

「……お兄さま？」

「カインさまですわ。アーネストさまの実のお兄さまなのでしょう？」

「兄じゃない」

「あら、あの方は亡くなったことになっている第一王子クリフォード殿下なのでしょう？　お兄さまではありませんか」

　病死したとされる第一王子クリフォードは、実は生きているのではないか。ビアトリスの胸に疑念が芽生えたのは、生徒会の手伝いを断って、王妃アメリアから叱責を受けたときだった。

　――ねえ、こんなことはあまり言いたくないのだけど、貴方少し調子に乗っているのではなくて？　まさかとは思うけど、自分の力でアーネストが王太子になれた、などと勘違いしているのではないでしょうね。

　アーネストは第二王子だ。第一王子が亡くなった以上、彼が王太子に選ばれるのは必然であり、ウォルトン公爵家の力なんて最初から介在する余地もない。それなのに、なぜ王妃はあんな言い方をしたのか。

　おそらく因果関係が逆なのだ。第一王子が亡くなったために、アーネストが王太子になったのではない。アーネストが王太子に選ばれたために、第一王子クリフォードは表向き「死者」とならざるを得なかったのだ。

「あの汚らわしい赤毛を兄などと言われたくない」

「ふふ、アーネストさまは金の巻き毛と青い瞳ですものね。まさに王家の色そのものですわ」

　ビアトリスはちらりと肖像画の方に目をやった。

　金の巻き毛に青い瞳の、威風堂々たる国王陛下アーネスト。

彼は額縁の中から傲然と自分たちを見下ろしているかのようだった。
「言い換えればそこが、アーネストさまにとっては心のよりどころですものね」
口角を上げてそう告げると、アーネストの顔色が変わった。
素知らぬ顔で軽やかにステップを踏みながら、ビアトリスは先日耳にしたカインの言葉を思い返した。

――まあ既に察しはついていると思うが、そもそもの発端は、この髪の色だ。

あの日、カインは己の髪をくしゃりとかきあげてそう言った。
王家にはない、先代王妃とも違う、燃えるような赤。

――祖父が言うには、メリウェザー家の何代か前の先祖には赤毛の者もいるそうだ。だから俺の髪は先祖返りだろうと言っていたし、俺自身もそう思っている。しかし世間的にはもっと分かりやすい解答がある。母の護衛騎士は、それは見事な赤毛だったらしい。

不貞の子、王家の血を引いていない子供を世継ぎにするなんてとんでもない――そう主張する一派がいた。現王妃アメリアとその取りまきだ。王家の特徴である金の髪と青い瞳を備えたアーネストこそが王太子になるべきだと。むろんメリウェザー辺境伯は反発した。国王は判断を下せないまま、二つの勢力は拮抗していた。

「国王陛下もさぞや複雑だったでしょうね。ご自分にそっくりなアーネストさまよりも、護衛騎士の子と噂されたクリフォードさまの方がはるかに優秀だったのですから。アーネストさまはお勉強も乗馬も剣術もなにもかも、お兄さまの足元にも及ばなくて、王妃さまも随分と歯がゆい思いをされたのではありませんか？」

アーネストのこわばった表情に、図星であることが見て取れた。

あのアメリア王妃のことだ。「王太子にふさわしいことを陛下に示せ」としきりに息子をせっついたであろうことは、想像するに難くない。そしてアーネスト自身もそれに応えようとして、懸命に努力したであろうことも。

とはいえ、持って生まれた資質というのはどうしようもないものだ。持って生まれた髪や瞳の色と同様に。

「どうあがいてもお兄さまに敵わないアーネストさまにとって、心のよりどころは髪と瞳の色だけ……ああ、もう一つありましたわね。私と婚約できたこと」

そこで王妃が目を付けたのが、他でもないビアトリス・ウォルトンだ。

王妃主催のお茶会には、ビアトリスの他にも有力貴族の令嬢たちが呼ばれていたが、しょせん彼女らはただの保険。王妃の目的は最初からウォルトン公爵令嬢だった。アーネストが最初から他の誰よりビアトリスを優先したのも、母親から「あの子と仲良くするように」と言い含められていたためだろう。

「私に選んでもらえてよろしゅうございましたわね？　アーネストさま」

（それでも）

それでも最初のころに、アーネストの見せた優しさは本物だったのだと思う。「婚約者になったんだから、これからは殿下じゃなくてアーネストって呼んでほしいな」とはにかむように言ったアーネスト。「僕はそんなこと気づかなかったよ、すごいなトリシァは」と喜んでいたアーネスト。優しく素直で健やかな、ビアトリスが恋した王子さま。

ところが周囲の大人たちが、少しずつ彼を追い詰めていった。


――惜しいことだな。資質はクリフォード殿下の方がはるかに優れていたというのに。

――争いの種を残すべきではないと、自ら死者となることを選ぶなんて、実にご立派なお心掛けじゃないか。それに比べて弟君ときたら。

――仕方ないさ。筆頭公爵家たるウォルトンがついたのでは、陛下としてもアーネスト殿下を選ばざるを得なかったんだろう。

――女の力にすがって王太子になるなんて情けない話だ。一体どんな国王になることやら。

――おそらく一生ビアトリス嬢に頭が上がらないだろうよ。

カインが「一応あいつのために弁明しておいてやると、俺を支持する連中が、聞こえよがしにひどい陰口を叩いたらしい」と、その内容を教えてくれた。「しょせん負け犬の遠吠えだが、まだ子供だったアーネストには酷だったろう」とも。

貴族たちの悪意に晒され、母親からの過剰な期待に押しつぶされそうになっていたアーネストの目に、ただ幸せな未来を夢見るビアトリスは、どんな風に映っていたのだろう。

日々の中で少しずつ、少しずつ歪みは蓄積されていき、そして最初の「事件」が起きた。得意げに意見を披露するビアトリスに対し、アーネストは不快感を隠そうともせず、昏い目をして吐き捨てた。


――君は自分が偉いと思っているのか？


ビアトリスが泣きながら謝罪したことで、いったんその場は修復され――そして二人の歪《いびつ》な関係が始まった。ちょっとしたことで不機嫌になるアーネストと、その顔色をうかがうビアトリス。上下関係をはっきりさせて、彼はやっと満足する。その繰り返し。

アーネストの態度を助長させた責任の一端は、間違いなくビアトリスにも存在する。

でもそれなら、自分は一体どうすれば良かったのだろう。あのときどうすれば、なにを言えば、あの傷ついた少年を救うことができたのだろう。

「――それにしても、クリフォードさまはさすが天才と呼ばれるだけありますわね。私もクリフォードさまに教えていただいたおかげで、首席を取ることができましたのよ」

おそらくなにを言っても無駄だった。

ビアトリスにできることなどなにもなかった。

アーネストのことはアーネスト自身にしか救えなかった。

なにもかもがどうしようもなくて、ビアトリスの知らないところで全ては決まりきっていて、手も足も出ない。それでもなにか、できることはなかったのかと思う。思ってしまう。

(今さら考えても、どうしようもないことだけど)

「アーネストさまもクリフォードさまに教えていただいたらよろしかったのに。そうしたらきっと、あんな情けない成績を取らずに済んだと思いますわ」

「……君は」

アーネストの震える声。傷ついた眼差し。それら全てがビアトリスの胸に迫り、切り刻まれるような苦痛を覚える。こみ上げてくる罪悪感を、今すぐこの場から逃げ出したい衝動を、必死の思いで押し殺す。ああどうか、最後までやり通せますように。

「……君は、あいつになにか言われたのか？」

「ええ、私、クリフォードさまにお願いされましたの」

自分はあのころのように上手く笑えているだろうか。なにも知らず、知ろうともせず、ぬくぬくと守られた少女のような、無邪気な笑みを浮かべられているだろうか。

「弟のアーネストは可哀想な奴だから、仲良くしてやってくれって。優しくしてやってくれって。だから私は――」

皆まで言い終わらぬうちに、乾いた音が会場内に響き、凄まじい衝撃がビアトリスの頬を襲っ

た。

楽団の演奏が止まった。口を利く者は一人もおらず、会場内は水を打ったように静まり返っている。誰もが己の見たものを——お優しい王太子殿下が女性を殴ったという現実を、受け入れられずにいるようだった。

もっとも誰よりも現実を受け入れたくないのは、人前でビアトリスを殴打するという醜態を演じたアーネスト本人に違いないが。

床に倒れ伏していたビアトリスは、ゆっくりと半身を起こしながら、事前に己に言い聞かせていたことを反芻した。

けして驚いてはいけない。

ショックを受けてはいけない。

こんなことは慣れている、いつものことだというふりをしろ。

「申し訳ございません……アーネストさま」

立ちすくんでいるアーネストに向け、ビアトリスは頭を下げて謝罪した。

弱々しく震えているが、会場に響き渡る程度の声色で。

「本当に、申し訳ございません……っ」

婚約解消の理由がないなら作ればいい。

誰の目にも明らかな、分かりやすい理由を。

狂った暴君のイメージで、「お優しい王太子殿下」を塗りつぶせ。

怯えた声で謝罪を繰り返すビアトリスに対し、我に返ったアーネストが「あ、いや、今のは――」となにやら弁解を始めるも、そこにカインが絶妙なタイミングで割って入った。

「信じられないな、女性の顔を殴るとは！　この怯えた様子からして、普段から暴力を振るっていたんだろう」

カインは怒りに満ちた表情で、打ち合わせた通りの科白を口にした。思わぬ相手の登場に、アーネストの顔が朱に染まる。

「な……違う――」

「カインさま、良いんです。私が悪いんです。いつもアーネストさまを怒らせてしまう私が……」

健気に振る舞うビアトリス・ウォルトンと、そんな彼女を歯がゆそうに見守るカイン・メリウェザー。そして女性を殴り飛ばしていながら、謝りもしない王太子殿下アーネスト。会場中の生徒たちは、この三文芝居に釘付けだ。

カインは駄目押しとばかりに、片隅で成り行きを見守っていた一人の生徒に呼びかけた。

「シリル・パーマー！　お前はアーネスト殿下が完璧な王太子の仮面の陰で、女性に暴力を振るっているのを、知っていたんじゃないのか？」

「え、ぼ、僕ですか?」

いきなり名指しされたシリルは、慌てふためいて辺りを見回したのち、「いやその……ノーコメント! ノーコメントでお願いします!」と逃げを打った。

シリルはマリアの件がある以上、カインの言葉を真正面から否定し辛くて、とっさにああ返答したのだろう。しかし真っ先に王太子の味方をすべきシリルが「やってない」と言わなかったことは、実に決定的な効果を人々にもたらした。

「え、本当にいつもビアトリス嬢に暴力を振るっていたのか?」

「いやまさか、あのアーネスト殿下が」

「でも今、確かに……」

「信じられないわ、あの優しい王太子殿下が」

「でも目の前でああいうのを見せられちまうとな」

生徒たちの囁きかわす声がする。

お優しい王太子殿下、俺たちの王太子殿下の虚像がゆっくりと崩れ落ちていく。

「あのシリル・パーマーが否定してないんですものね」

「ショックだなぁ、本当に」

「なんか裏切られた気持ちだよ」

ざわめきに耳を傾けながら、ビアトリスは複雑な思いをかみしめていた。

これがいつもアーネストのやっていること。

分かりやすい人物像を演じ、烏合《うごう》の衆を扇動する。

実際にやってみると、なんて簡単で、他愛もなくて、そして虚しい行為なのだろう。

「立てるか、ビアトリス」

カインが手を差し出した。

「申し訳ございません。足を……」

「足をひねったのか。では俺が医務室まで運んで行こう」

「申し訳ございません」

「俺には謝らなくていい。俺はあいつみたいに殴ったりはしない」

カインは聞こえよがしにそう言うと、力強い腕でビアトリスを軽々と抱き上げた。アーネストはそれを見て、こちらに一歩踏み出しかけたが、結局それ以上動けなかった。

ビアトリスは蒼白になったアーネストと一瞬視線が絡んだものの、そのまま目をそらしてカインの胸に顔をうずめた。

これで本当にお別れだ。

背後からトリシァ、と呼び止める声が——か細い少年の声が聞こえたような気がしたが、あるいは幻聴だったかもしれない。

ビアトリスを抱えるカインの前に、人垣は自然に割れて道を作った。

打ちひしがれたていで運ばれていくビアトリスの耳に、生徒たちの囁きかわす声が聞こえる。

「なんて痛そうなのかしら」

「女相手にやりすぎだよなぁ、いくら相手があのビアトリス・ウォルトンにしたってさ」

「そもそも彼女の悪評自体どうなんだろうね。二人の不仲って、実は殿下の方に問題があったりしてね」

「そりゃどう考えても普段から暴力振るって虐待してる方が悪いだろ」

生徒たちの囁きかわす声が聞こえる。

いかにも義憤に駆られたていをして。

その実、とても楽しげに。

ざわざわと、ざわざわと悪意が広がっていく。

「いや実はさ、俺は前から殿下のこと、なんか胡散臭いと思ってたんだよね」

「ああ分かる、なんかできすぎでわざとらしいっていうかさぁ」

それはまるで、新たな獲物を見つけた獣たちの舌なめずりのようだった。


会場を抜けると、カインが気づかうように問いかけた。

「殴られたところは大丈夫か?」

「大丈夫です」

「足の方はどうだ」

「大丈夫です。今日は協力してくださってありがとうございました」

「いや、俺は大したことはしてないよ。それより君の方こそ、最後までよく頑張ったな」

カインが優しく微笑みかけると、彫刻のように端整な顔立ちが、ふわりと柔らかい印象になる。

その顔、その表情を、ビアトリスは呆けたように、ただぼんやりと見上げていた。

「どうした？」

「いえ……」

「やっぱり痛むのか？」

「いいえ、そうではないんです」

ビアトリスは苦笑するように言った。

「……カインさま、私がカインさまがクリフォード殿下ではないかと思った理由を、前にお話ししましたわね」

「ああ、色々言ってたな」

市井育ちとは思えぬ所作の美しさ、深い教養、シリル・パーマーの態度。

「実はあの他にもう一つあるんです」

「もう一つ？」

「はい。私、カインさまの笑顔を見ると、いつもどこか懐かしい気がしましたの」

カインが優しく微笑むたびに、いつも胸が締め付けられるような、泣きたくなるような、言いようのない懐かしさを覚えていた。会って間もない彼に対する、この感情はなんなのか、最初のうちは分からなかった。

「ある日ふっと気が付きましたの。カインさまの笑顔は、まだ私に優しかったころのアーネストさまの笑顔に似ていたのです。もしかしたらお二人には血の繋がりがあるのではないかと考えて……そこから全てが繋がったんです」

「そうか……」

「カインさま……私、アーネストさまの笑顔が好きだったんです。あのころの優しいアーネストさまのことが、本当に、大好きだったんです……」

カインは口を開きかけたが、涙を流すビアトリスを前に、結局なにも言わなかった。

本当はとうに気づいていた。

自分が恋した少年は、もうどこにもいないということに。

それなのに気づかないふりをして、アーネストの中にその面影をずっと探し続けていた。

冷たくされ、邪険にあしらわれながらも、ずっと諦めきれなかった。

あの優しい少年のことが、本当に大好きだったから。

涙は涸れることなく、あとからあとから溢れ続けた。

それは長い初恋の終わりを悼む、弔いの涙だった。

第十一章　婚約解消と、それから

頬を腫らして帰宅したビアトリスに、ウォルトン家はてんやわんやの大騒ぎになった。屋敷まで付き添ってきたカインは、出迎えた父に挨拶し、簡単にことの次第を説明した。曰く、ダンスの最中に激高したアーネストがビアトリスを殴り倒し、その際彼女が足を痛めたようなので、ここまで送ってきたのだと。

カインが公爵邸を辞したあと、父はビアトリスのもとに来て、深刻な表情で問いかけた。

「ビアトリス……彼の言ったことは本当なんだな？」

「はい」

長椅子に座り、足首と頬を氷嚢《ひょうのう》で冷やしながら、ビアトリスは静かにうなずいた。

「アーネスト殿下はなんだってそんなことを」

「私の発言がお気に障ったようです」

「そうか。一体どんな……いや、細かい事情はどうでもいいな。女性を殴るなんて王族以前に人として、到底考えられない振る舞いだ」

「はい。私もこのままアーネスト殿下のもとに嫁いで、あの方と真っ当な関係を築いていけるとは思えません。どうか殿下との婚約解消を王家に申し入れていただけないでしょうか」

「分かった。すぐにも申し入れることにしよう。解消理由としては会場内における殴打と、他には――」

「会場における殴打のみを挙げてください。それ以外のことは今さら申し上げても水掛け論にしかなりませんから」

「そうだな。あまりあれこれ殿下の非をあげつらっては、かえってあちらの反発を招くかもしれん。ともかくは会場内における殴打だ。もしそれで揉めるようなら他の理由も検討することにしよう」

「はい。お願いしますお父さま」

「……ビアトリス」

「はい？」

「すまなかった。もっとお前の話に耳を傾けるべきだった。まさかアーネスト殿下がそんなひどい人物だったとは、まるで思いもしなかったんだ」

「いいえ。ずっと相談しなかった私が悪いのです」

「安心して全て任せておきなさい。必ず王家に婚約を解消してもらうから」

「はい。ありがとうございます、お父さま」

父は優しくうなずくと、決然とした足取りでビアトリスの部屋を出て行った。その後ろ姿を見送りながら、ビアトリスは少々複雑な心境だった。

長年にわたる言葉や態度の暴力と比べ、たった一度の殴打の持つ影響力はなんと凄まじいことだろう。むろん父が王家との婚約解消に踏み切ったのは、今回の一件が衆人環視のもとで起きた事件であって、客観的にも非はどちらにあるのか明らかだから、というのが大きいとしても、アーネストに対する評価の変わりようは到底それだけでは説明がつかない。

──まあ聞きなさい、私にも覚えがあるんだが、若いときはちょっとしたことでこじれたりすれ違ったりするものだ。相手の思惑を大げさにとらえて、ひどい人だと思い込んでしまったりな。

──アーネスト殿下は真面目で誠実で、少し厳しいところはあるにせよ、根は大変優しい方だと思うよ。

いくらアーネストの辛辣な言動を訴えてもまともにとりあわなかった父は、たった一度の殴打で態度を変えた。あれほど擁護していたアーネストを「そんなひどい人物」と切って捨てる変貌ぶりには、唖然とさせられるほどだった。

(だけど、それも仕方のないことなんでしょうね)

物理的な暴力は痛みを想像しやすいが、言葉や態度によるそれは、本人以外は分かり辛い。どんなに心を切り刻まれても、軽い冗談として処理されてしまうこともある。誰かに本気で分かってもらおうと思うなら、時間をかけて繰り返し己の苦痛を訴え続ける他ないのだろう。

ともあれ、父が動いてくれたことによって、とんとん拍子に話は進んだ。

二日後。学院を休んでいるビアトリスのもとに、学院と王家のそれぞれから聞き取り調査のための人間が訪れた。

学院から派遣されて来たのは副院長で、多数の目撃者がいるため概要は把握しているが、当事者であるビアトリスからも話を聞きたいとのことだった。

「殿下があんな振る舞いをなさったことについて、なにかお心当たりはありますか?」

「私の発言がアーネスト殿下のお気に障ったようです」

「それは、具体的にどのような?」

「婚約者同士のプライベートな内容なので、お話ししたくありません」

「分かりました。目撃した生徒の間からは、殿下は普段から暴力を振るっていたようだという証言もあるのですが、事実ですか?」

「いいえ。そのような事実はございません」

「本当ですか?」

「はい。殿下が私に手を上げたのはあれが初めてです」

「……貴方がそうおっしゃるのなら、そういうことにしておきましょう」

副院長はどこか痛ましげな表情で言った。

「お聞きしたいことは以上です。逆に貴方の方からなにか私に聞きたいことはありませんか？」

「今回の件について、殿下はなんとおっしゃっているのでしょう」

「殿下からはまだなにもうかがっていないのです。あのあとはどこか放心したご様子で、なにもおっしゃらないままお帰りになりました。面会を申し入れたのですが、体調不良を理由に断られたままです」

「殿下はなにも弁解なさっていないのですね」

「はい。ただどんな事情があったにせよ、暴力事件を起こしたことに変わりはありません。一人の学院生徒として、相応の処分を受けることになります。正式な決定はこれからですが、当分の間は謹慎ということになるでしょう。生徒会の役職も解かれることになるでしょうね」

副院長は改めて見舞いの言葉を述べてから帰って行った。

一方、王家から派遣されてきたのは国王の侍従をしている人物で、ビアトリスも何度か顔を合わせたことのある初老の男性だった。

彼は副院長と同様に見舞いの言葉を述べてから、淡々と当日の経緯を確認し、最後に「以前にもこういうことはありましたか？」と問いかけた。

「いいえ、一度もございません」

ビアトリスがはっきりとそう答えると、彼は表情を変えることなく「そうですか」とうなずいて、重ねて訊こうとはしなかった。その様子は藪《やぶ》をつついて蛇を出すのを恐れているようにも感じられた。

おそらく彼もまた、ビアトリスが真実を語っていないと思っているに違いない。

ビアトリスは副院長からの質問、侍従からの聞き取り調査のいずれに対しても、「アーネストに暴力を振るわれたのはあの一件のみである」旨を繰り返した。つまり全くの真実を話したわけだが、相手がそれをどう受け取るかは別問題だ。

彼らの間で「暴力行為は以前から行われており、解消理由をあの一件に絞ったのは、ことを荒立てたくないビアトリスの配慮によるもの」という認識が共有されていることは、婚約解消を穏便に成立させるための大きな力になるだろう。そのためにこそ、自分はカインと共にあんな茶番劇を演じたのだから。

（とにかくやれるだけのことはやったんだもの。あとはもう結果を待つしかないわね）

ビアトリスは祈るような思いで、王家の返答を待ち受けた。

そしてさらに三日後。王家からの使者が公爵邸を訪れて、婚約解消が正式に受理されたことを口頭と書面で伝えてきた。ウォルトン公爵家が求めた通り、非は王家にあることを全面的に認める内容のものだった。

応接室で父と共に使者の口上を聞いたビアトリスは、万感の思いが胸に迫って、しばらく身動き一つできなかった。

アーネストと婚約してから今までのことが、頭の中を駆け巡る。

「これからは殿下じゃなくてアーネストって呼んでほしいな」と照れ臭そうに言うアーネスト。

「すごいなあトリシァは」と賞賛の言葉を述べるアーネスト。

「君は自分が偉いと思っているのか？」と睨みつけるアーネスト。

「俺の婚約者だからといって調子に乗るな」と冷たく吐き捨てるアーネスト。

「トリシァ、一位おめでとう。よく頑張ったね」と微笑みかけるアーネスト。

「君は俺のものだ。今も。そしてこれからも」と耳元で囁くアーネスト。

そしてビアトリスを殴打し、呆然と立ちすくんでいたアーネスト。

最後に「トリシァ」と呼びかけたか細い声が現実だったのか否か、今となっては分からないし、分かる必要もないことだ。

自由を手に入れるためにアーネストをはめたこと、周囲を欺いたこと、そのためにカインを巻き込んだこと、それら全てはビアトリスが生涯背負っていくべき罪である。そのことを思うと、肌が粟立つような感覚を覚える。

とはいえ、仮に今あのパーティの夜に戻れるとしても、また同じ道を選ぶに違いないが。

ともあれアーネストとの婚約は解消された。

八歳のころからビアトリスと共にあった「王太子アーネストの婚約者」という肩書は消滅した。

今ここにいるのはただのビアトリス。誰のものでもないただのビアトリス・ウォルトンだ。

それを実感したとき、ビアトリスを襲ったのは、喪失感と、不安と、心細さと、それを上回る凄まじい歓喜だった。

薄暗い灰色のトンネルが消滅し、どこまでも広がる緑の草原のただなかに一人で立っているような、得も言われぬ解放感。

もうアーネストに嫁がなくていい。

あの冷たい眼差しに、蔑みの言葉に耐えなくていい。

ため息をつかれて、自分のなにが悪かったのだろうとくよくよ悩まなくていい。

たまに機嫌の良いときには、いつ機嫌を損ねるかとびくびく怯えないでいい。

彼の一挙手一投足に神経をすり減らさなくていい。

ああ、なんて素晴らしいのだろう。


「ねえアガサ、私馬に乗りたいわ」

部屋に戻ると、ビアトリスは侍女のアガサに呼びかけた。

「馬でございますか？」

「ええ、緑の草原を思い切り馬で駆けてみたいの」

「緑の草原となると、郊外まで行く必要がありますが……いえ、それ以前にまずは足が完治しないことにはお医者様の許可が下りないでしょう」

「分かってるわ、言ってみただけよ」

ビアトリスは苦笑した。柄にもなく浮かれてしまっているようだ。

「ハーブティを飲みたいから用意してくれるかしら」

「かしこまりました。今日はお天気がいいので中庭にご用意しましょうか」

「それは素敵ね。ありがとう」

ビアトリスが緑の草原などと言ったので、少しでも緑を感じられるようにとの提案だろう。ビアトリスはありがたく受けることにした。

眩しい木漏れ日の下、白いテーブルの上にハーブティが用意された。小皿に乗せられたハーブクッキーも添えられている。頭上では風がさわさわとこずえを揺らし、どこからか小鳥の鳴きかわす声も聞こえた。

ビアトリスはカップに口をつけ、カモミールの爽やかな風味を楽しんだ。

当たり前のことだが、婚約を解消したからといって、すぐに薔薇色の未来がやってくるわけではない。王家は表向き非を認めたものの、その周辺には納得していない者も多いだろう。ことにアメリア王妃がビアトリスになにか仕掛けてくる可能性も考えられる。

それでも今は、今だけは、ただひたすらに、この清々しさを満喫していたかった。

自分はビアトリス、誰のものでもない、ただのビアトリス・ウォルトンだ。


学院を休んでいる間、マーガレットとシャーロットからそれぞれ見舞いの打診があった。ビアトリスは嬉しく思ったものの、いずれも理由をつけて断った。今顔を合わせれば、アーネストとの一件に触れないわけにはいかなくなる。彼女らに嘘をつくのは心苦しいし、さりとて本当のことを言うわけにもいかない。ビアトリスの罪に巻き込むのはカインだけで十分だ。

見舞いを辞退したところ、代わりにマーガレットからは花束と焼き菓子の詰め合わせ、シャーロットからは小説と授業ノートが届けられたので、どちらもありがたく受け取った。

ビアトリスが小説を読んだり勉強をしたり、焼き菓子を一つずつ楽しんだりしているうちに、足首はすっかり良くなって、また元通りに歩けるようになった。頬の腫れはとうに引いており、もはやなんの支障もない。

「お父さま、明日からまた学院に通いたいと思います」

ビアトリスが言うと、父は複雑な表情を浮かべた。

「そうか。しかし大丈夫なのか？」

「はい。あまり休むと行き辛くなりますし、友人たちにも心配をかけてしまいますから」

「周囲から色々言われるかもしれないが、あまり気にしないようにな」

「はい」

自慢ではないが、周囲から色々言われるのは慣れている。

アガサに髪を結い上げてもらい、髪飾りを着け、いつもの時間に馬車に乗って学院へと向かう。

学院内に一歩足を踏み入れると、あちらこちらから同情と好奇の眼差しを感じた。ひそひそとなにごとかを囁きかわす声も聞こえる。

仕方ない。彼らの間ではビアトリスは悪役令嬢から悲劇のヒロインへと変貌を遂げたドラマティックな存在なのだ。物語のようなどんでん返しは、否が応でも人々の興味を掻き立てる。当分の間はこんなことが続くのだろう。

あずまやに着くと、既にカインが待っていた。足元には猫のオレンジの姿も見える。たった一週間会わなかっただけなのに、なんと懐かしく思えることか。

「お早うございます、カインさま。オレンジもお早う」

ビアトリスが声をかけると、カインは振り返って「お早う」と微笑み、オレンジはにゃあんと鳴いてビアトリスに身体をこすりつけた。

「それから婚約解消おめでとう」

「ありがとうございます。早く結果をお伝えしたいと思っていたんですけど、もうご存じでしたのね」

「そりゃあな、親が王宮に勤めてる生徒が得意げに触れ回ってるから、学院内はその噂で持ちきりだ。直後よりは大分落ち着いたけど、君が登校してきたことで、またしばらくの間盛り上がるかもしれないな」

「具体的にはどんな噂ですの？」

「別にそのまま、アーネスト殿下は暴力行為が原因で、ウォルトン公爵令嬢に愛想をつかされて婚約解消されたって噂だよ。生徒の間ではアーネスト殿下がひどい、解消されて当然だってのと、殿下をあそこまで怒らせたウォルトン嬢に問題があるんじゃないかってのと両方の意見があるが、前者の方が圧倒的だな。アーネストを擁護する奴がもっといるかと思ったんだが、あいつの取りまきだった連中も、手のひらを返して好き勝手なことを言っているようだ」

カインはオレンジの喉元をくすぐりながら淡々と言った。

「ただ生徒会会計のウィリアム・ウェッジは、そういう風潮に批判的だな。本人のいないところで無関係な人間が勝手にあれこれ言うのは良くないとたしなめている」

「そういえば生徒会でもあの方はいつも理性的でしたわ」

「彼はアーネストを心配して、王宮に面会にも行ってるらしい。会ったときの様子までは分からないが――」

カインはそこでふっとビアトリスの顔を覗き込んだ。

「――君もアーネストが心配か？」

「いいえ、私にはもうあの方を心配する資格もありませんから」

ビアトリスは静かに首を横に振った。

謹慎中のアーネストがどんな思いでいるのか気にならないではなかったが、ビアトリスはあえて考えないようにしている。考えたところで、もはやビアトリスにできることなどなにもないし、なにかするような立場でもないし、そもそもそんな資格もない。

とはいえウィリアムの存在には、少しだけ救われたような気持ちになった。

「生徒会といえば、パーマーさまはあの後どうなったんですか？」

「あいつはアーネストの次くらいに白い目で見られているよ。この前会ったときは『貴方のせいで学院でも家でも針の筵《むしろ》ですよ』とぼやいていたな」

「まあ、家でも？」

「ああ。宰相である父親からは『殿下が以前から暴力を振るっていたのならなぜお止めしなかったのだ！』と叱られて、母親からは『なんであの場できっぱり否定しなかったの！』と責め立てられているらしい。なんでもあいつの母親は筋金入りのアーネストファンなんだとか」

「まあ、それはお気の毒ですわね」

「本気でそう思ってるのか？」

「ごめんなさい、実は全然気の毒だなんて思ってません」

ビアトリスが素直に言うと、カインは「だよなぁ」と噴き出した。

「あいつの自業自得だからな。当分は針の筵で我慢しろと言ってやったよ」

もっともシリルのような人種は針の筵でもしぶとく生き延びて、いずれまたちゃっかり良いポジションにおさまっているような気がしないでもない。

「ところでカインさまとパーマーさまってどういうご関係ですの？」

「あいつは俺がクリフォードだったころ、俺の側近候補で『遊び相手』の一人だったんだ。アーネストが王太子になったら、あっさり鞍替えしたけどな」

「パーマーさまらしいですわ。それじゃあのときおっしゃっていた万が一の保険って、やっぱり王座のことでしたのね」

あのときはピンとこなかったが、つまりはアーネストが廃嫡される可能性を示唆して、代わりに王座に就く可能性のある自分に恩を売れということだったのだろう。

「確かにそうだが、あれはあの場限りのはったりだぞ？　アーネストがそう簡単に廃嫡されることはないし、なにより俺はもう王座を狙う気はないよ」

「カインさまは、メリウェザーの地がお好きですものね」

「ああ。いいところなんだ。いつか君にも――」

「え？」

「いや、また今度言うよ」

その後カインは照れたように下を向いて、ただひたすらオレンジを撫でまわし続け、しまいには猫パンチを喰らっていた。


教室に入るなり、ビアトリスはマーガレットとシャーロットから熱烈な歓迎を受けた。

「良かったわ、顔はもうなんともないのね、良かったわ」

マーガレットにきつく抱きしめられて、息が止まりそうになる。

「ちょっとマーガレット、ビアトリスを抱き潰すつもりなの？」

シャーロットに諭されて、マーガレットが渋々腕を離すと、今度はそのシャーロットに優しく抱擁された。

「元気そうで良かったわ、お帰りなさいビアトリス」

「ただいま」

そう口にすると、なんだか涙があふれそうになる。

「足の方ももう大丈夫なの？」

マーガレットが心配そうに問いかけた。

「ええ、なにもかも大丈夫よ。お見舞いを断ってしまってごめんなさい。色々と気持ちの整理がつかなかったの」

「分かってるわ。あんなことがあったんだもの。大変だったわね、ビアトリス」

「ええ、本当に大変だったわ。でもなにもかも済んだことだから」

ビアトリスはそう言って微笑んだ。

マーガレットも微笑みを返した。その表情は「ビアトリスが訊かれたくないのなら、私たちはなにも訊かないけど、でも打ち明けたくなったら教えてね」と語っているようだった。

なにも訊かずに寄り添ってくれる友人がいることを、ビアトリスは改めてありがたく思った。

それからマーガレットたちは、あのあとの学院内の様子を語ってくれた。その内容は概《おおむ》ねカインに聞いた通りのものだった。

マーガレットとシャーロットは他の生徒からビアトリスについてあれこれ訊かれたらしいが、婚約者同士のことはなにも知らないと突っぱねたとのこと。「赤の他人のプライベートに興味本位で首を突っ込むのははしたないって言ってやったわ」と得意げに言うマーガレットはとても頼もしくて格好いい。

もっともフィールズ姉妹を始め、一部には純粋に心配している生徒もいたらしい。

シャーロットが「あの子たちはビアトリスさまにお見舞いがしたいけど、そこまで親しくないのに図々しいかしらって気にしてたわ」と言うので、あとでこちらから顔を見せに行くことを決めた。

「ああそれから、一昨日マリア・アドラーがこちらの教室に貴方を訪ねてきたのよね。ウォルトンさんはまだいらしてないんですかって」

シャーロットが珍しい名前を口にした。

「ええ？　マリア・アドラーってあの？」

「そうよ、あのマリア・アドラー副会長よ。アーネスト殿下が謹慎になるのと入れ替わるように生徒会にも復帰して、今は会長代行をやってるわ」

「そうそう、そのうち正式に生徒会長に昇格するんじゃないかって言われてるのよね。私はどうかと思うけど。だって試験のときにあんなことをしでかしておいて、ねえ」

マーガレットが憤慨するように言った。

「それで、そのマリア・アドラーが私になんの用事だったのかしら」

「分からないわ。まだ登校してないって言ったら、そうですかってすごすごと帰って行ったから」

「貴方が登校して来たら教えてほしいとも言ってたわ。どうする？　私はこのまま放置しても全然かまわないと思うけど」

「気になるから会うわ。昼休みにでも会いに行ってみる」

「お人好しねぇ。それじゃ私たちも一緒に行きましょうか」

「ううん、一人で大丈夫よ」

そこで教師がやってきたために、おしゃべりはいったんお開きとなった。

シャーロットがくれたノートのおかげもあって、授業内容には難なくついていけたものの、マリアの件が気になって、あまり集中できなかった。もっとも久しぶりの登校であるビアトリスを気づかったのか、教師は一度も当ててこなかった。


そして昼休みになり、マーガレットたちと昼食を済ませたあと、ビアトリスは一人でマリア・アドラーのいる教室へと赴いた。

マリアと面と向かって顔を合わせるのはあの女子寮でのやり取り以来だが、今さら自分に対して一体なんの用事だろう。まさかアーネストを謹慎処分に追いやったことに対する非難でもするつもりだろうか。

ビアトリスが顔を見せると、マリアは慌てて席を立ってこちらの方へとやってきた。そして「あの、ちょっと、ここじゃ目立つので」と強引に腕を取って空き教室の方へと引っ張っていった。こうして間近で眺めても、マリアの口元の痣は綺麗に消えている。ビアトリスはそのことに心から安堵した。

「あのときはごめんなさい」

空き教室に入るなり、マリアはそう言って頭を下げた。

「なんについての謝罪なのか、うかがってもいいでしょうか」

正直言って心当たりがありすぎて、どれのことやら分からない。

「それはその、テストで不正をしたと言いたてたこととか」

「ああ、あの件ですか」

「それから女子寮で言ったこととか、生徒会で言ったこととか、他にも色々。実は女子寮でウォルトンさんに言われたことを、あのあともずっと考えていたんです。それでやっぱり私が間違ってたんじゃないかなって。ウォルトンさんのことを最初から悪だと決めつけて、ちょっと申し訳なかったなって。だから一応謝っておくべきかと思ったんです」

「そうですか。分かりました。貴方の謝罪を受け入れます」

ビアトリスはそう言って微笑んだ。「ちょっと」「一応」という言い回しが引っかからないでもなかったが、マリア・アドラーにしては上出来の部類と言えるだろう。

（それにしても）

ビアトリスに女子寮で言われたこととは、アーネストについての話だと思われる。この言い方から察するに、マリアは既にアーネストへの想いを吹っ切ったということなのだろう。立場が違うとはいえ、何年もの間アーネストへの想いを引きずっていた身からすると、この逞しさはいっそ眩しいほどだった。

二人が「一応」の和解を終えて教室を出たとたん、レオナルド・シンクレアに出くわした。

「なんでレオナルドがここにいるのよ！」

「いや、なんか不穏な様子で出て行ったから気になってよ」

「もう、子供じゃないんだから、変に過保護にするのはやめてって言ってるでしょう」

背を向けてずんずん歩いていくマリアを、レオナルドが慌てて追いかける。

健気にマリアを支え続ける彼の姿には、陰ながら声援を送らずにはいられない。


午後の授業を終えて帰る段になって、マーガレットが「週末にビアトリスが回復したお祝いをしましょうよ」と言い出した。

「ビアトリスはどこか行きたいところはあるかしら？」

「ええと、それじゃあ前に行ったタルトのお店に久しぶりに行きたいわ」

ビアトリスにとっては初めて友人たちと出かけた思い出の店だ。

「いいわねえ！　あのときみたいにお兄さまとメリウェザーさまも誘いましょうか」

「ええ、ぜひ」

「それで、そのあとはどうしましょう。またあの小間物屋さんに行ってみる？」

「それよりみんなでお芝居を見に行くのはどうかしら。『月下の恋人たち』がお芝居になったんだけど、結構評判いいらしいのよ」

シャーロットが提案した。

「まあ、それは見てみたいわ。でもあの内容だと、殿方は退屈じゃないかしら」

ビアトリスが首を傾げる。

「大丈夫よ、演出家の趣味で剣戟の場面をかなり増やしたらしくて、殿方にも大好評らしいから」

「それじゃお兄さまは大丈夫ね。派手な剣戟は大好きだもの。メリウェザーさまはどうかしら」

「カインさまもきっと楽しめると思うわ。明日の朝会ったときにでも予定をお聞きしてみるわね」

翌朝尋ねてみたところ、カインは二つ返事で参加することに同意した。


週末になり、ビアトリスはわくわくするような思いで、タルト専門店の前で馬車を降りた。今日はせっかくのお祝いだし、存分に楽しむつもりである。

(少し早く来すぎちゃったかしら)

しかし誰もいないかと思った店先には、既にカインが到着していた。

すらりとした長身に彫刻のように端整な顔立ち。店の前でたたずむ彼は、まるで一枚の絵のようになっている。

「カインさま」

ビアトリスが声をかけると、カインはすぐにこちらに気づいて、ふわりと柔らかな笑みを浮かべた。その笑顔にほんの一瞬、胸を締め付けられるような感覚を覚える。

既に正体の分かった感傷に、ビアトリスは内心苦笑した。

（もういい加減吹っ切らないとね。カインさまにも失礼だもの）

笑った顔に他の人間を重ねるなんて、相手に対して無礼極まりない話である。ビアトリスがそれに気づいたのは、既にカインの前で口にしてしまったあとだった。今思えばあのときは相当に気持ちが動転していたのだろう。

ビアトリスが後日それを謝罪したところ、カインは静かに首を横に振ってみせた。

「気にしなくていい。まあ少々複雑だったのは事実だが、あのときの君に他人を気づかう余裕がなかったのは当然だ。……それに弟と似ていることを指摘されるのは、そう嫌なばかりでもないんだよ」

そう言うカインの髪は日に透けて、炎のように輝いていた。

王家の色ではない、先代王妃とも違う、燃えるような赤。

カインはアーネストが子供のころ受けた傷について同情的に語っていたが、大人たちの悪意に晒されたのは、「不貞の子」と噂されたカインにしたって同じことだ。

——この髪はそれなりに気に入ってるんだ。


あんな風に飄々と言えるようになるまでに、彼はどれほどの眠れぬ夜を過ごしたのだろう。

やりきれない様々な思いをどんな風に乗り越えたのか、いつか話してくれるだろうか。

(話してくれるわね、きっと)

「早いですわね、カインさま」

「ああ、楽しみでつい早く着いてしまった」

「中に入って待ってらしたらよろしかったのに」

「無茶言わないでくれ。さすがにこの店に男一人で入る根性はないよ」

「あら、マーガレットのお兄さまはこの前一人で食べに行ったそうですわよ」

「あいつの場合は特別だ」

そう言って苦笑するカインに、思わずつられて笑ってしまう。

カインと繰り返し会って、話して、笑い合っていくうちに、思い出は上書きされていく。

いずれカインの笑顔を見ても、アーネストを連想することはなくなるだろう。

その日が来るのはおそらくそう遠いことではない——ビアトリスには、そんな予感がしていた。

番外編

幸せな夢

幼いころの記憶をたどると、真っ先に思い浮かぶのはため息をつく母の姿だ。

――私がいけないのかしらね。

――王家の血を引いているのに、護衛騎士の子に負けるなんてあり得ないことだわ。私がいけないのかしら。ねえアーネスト、お母さまがいけないのかしらね。

その声はいかにも愁いに満ちていて、自分は母に申し訳なくて、情けなくて、たまらない気持ちになってしまう。そして今度こそ上手くやってみせると心に誓う。あの赤毛の男よりも己の方が優秀であることを必ず証明して見せると。

しかしそんなことは不可能だと、心のどこかで理解していた。

母の声はどこまでも鮮明な一方で、父の声はろくに記憶に残っていない。叱責された記憶も、褒められた記憶もない。ただ覚えているのは値踏みするような眼差しだ。その目で見据えられるたびに、いつもあの赤毛の男と比べられていると感じていた。

そして赤毛の男、クリフォードとはほとんど会うことはなかったが、たまに顔を合わせたときは、いつも蔑むような、嘲るような冷たい眼差しを向けられた。教師たちがなにかにつけ「お兄さまはおできになりましたよ」「お兄さまはもっとお上手でしたよ」と言っていることからしても、アーネストの感じた侮蔑はおそらく勘違いではないのだろう。

総じていえば、クリフォードは不気味で恐ろしくて圧倒的な、怪物のような存在だった。

アーネストを取り巻く環境は以上のようなものだった。それが世間的に見てどう定義されるかは、幼いアーネストの知るところではなかった。子供は自分のおかれた環境を普通だと思って育つものである。どこの母親も子供を見てため息をつくのだろうし、どこの父親も子供を値踏みするのだろう、ただ自分は王子である以上、他の者よりは恵まれているのだろう——それが当時のアーネストの認識だった。

のちに婚約者になるビアトリス・ウォルトンと出会ったのは、そんな折のことだった。


「お母さまが貴方のために選んだお嬢さんなのよ。うんと優しくしてあげてね」

母からそう告げられたのはお茶会の三日前のことで、その言葉が「ビアトリス嬢の心を掴んで婚約にもちこめ」を意味していることはすぐ理解した。母はそのビアトリス嬢とやらを、アーネストの将来の妃として選んだのである。それまで母の選択に異を唱えたことはなかったが、さすがにそのときは湧き上がる不安を抑えることができなかった。

ビアトリス・ウォルトンとは、どんな令嬢なのだろう。

我慢できないほどに不快な子だったらどうしよう。

他の令嬢を好きになっても、ビアトリス嬢を優先せねばならないのだろうか。

不安を母にぶつけることもできず、悶々と悩み続けた三日間。

幸いなことに、全てはアーネストの杞憂に終わった。

ビアトリス・ウォルトンは月の光のようなプラチナブロンドと菫色の瞳の持ち主で、招かれた令嬢たちの中でも際立って美しく、可憐で、愛らしかった。公爵令嬢だというのに、権高なところは少しもなく、守ってあげたくなるようないたいけな雰囲気をまとっている。

(この子が僕の将来の)

ビアトリスを前にして、ごく自然に笑みがこぼれた。すると彼女ははにかむように微笑みを返した。

(僕の将来の妃になる子なのか)

そう思うと、胸に甘いような苦しいような思いがせりあがってきた。

この子がいい。この子でなければ嫌だ。

母の言葉とは関係なく、ビアトリスに好かれたいと思い、どうすれば喜んでくれるだろうとあれこれ考え、実行した。彼女に選んでもらいたかった。彼女にもアーネストがいいと思ってもらいたかった。

そしてビアトリス・ウォルトンは正式に婚約者となり、様々なことが上手く回り始めた。

父はアーネストを王太子に選び、赤毛の怪物は表向き死んだものとして、遠い辺境伯領で暮らすことになった。母はいつも機嫌がよく、ため息をつくこともなくなった。全てはウォルトン公爵令嬢と婚約したおかげだが、アーネストがそれを口にすると、母はひどく苛立って二度と言わないようにと厳命した。

よく分からないが、ビアトリスとの婚約によって王太子になったのは、とても体裁の悪い、卑劣な行為なのだろう、アーネストはそう納得し、心ひそかに己を恥じた。


正式に婚約したのちも、ビアトリスは変わらずに愛らしかった。アーネストがなにを話しても、いつも感心しきった様子で耳を傾け、「アーネストさまが国王になったら、きっと素敵な国になりますね」と顔をほころばせた。彼女にそう言われると、本当に立派な国王になれるような気がして嬉しかった。

それでいて彼女はときおりこちらがはっとするような鋭い意見を述べることもあった。自分の婚約者は愛らしい上に聡明だ。アーネストが「すごいなトリシァは」と感心すると、照れながら得意そうにする姿がまた可愛らしかった。

夢のように甘く幸福な日々。

しかし母は自分たちの睦まじさに目を細めながらも、釘を刺した。

「それはいいけど、あまり付け上がらせちゃだめよ。ちゃんと手綱を取らないとね？」

「付け上がるなんて、そんな言い方をしないでください。トリシァはとてもいい子なんです」

「まあ貴方は分かってないのよアーネスト。貴方は優しすぎるから、なにを言われても許してしまうのでしょうけど、そんなことでは周囲に示しがつかないわ。身分というものがあるのだから、あの子を勘違いさせてしまっては駄目。ちゃんと貴方が手綱を取らないと、二人とも不幸になるだけよ」

最後まで首肯することはなかったものの、母の言葉はアーネストの心に一点の影を落とした。ビアトリスが自分の意見を披露するとき、得意げな表情をするとき、今まで通り微笑ましいと思いつつも、ふっとこんなことを考えるようになった。

果たしてビアトリスは自分の力でアーネストが王太子になったことを、知っているのだろうか？

もっともそれはほんの漣《さざなみ》のようなものであり、本来であれば人生になんら影響を及ぼすことなく消えてしまうような、しごく他愛もない代物だった。あの忌まわしい事件さえなければ、実際にその通りになっていただろう。

あの忌まわしい事件。あの災厄。その名をスティーヴ・スペンサーという。

スティーヴ・スペンサーは騎士団の中でも抜きんでた剣技と豪胆な逸話で知られた存在で、幼い少年が身近なヒーローとして憧れるのにうってつけの人物だった。アーネストも例外ではなく、ならず者五人を一人で叩きのめしたとか、酒樽を一人で飲み干したとか、冗談のような話を人づてに聞いては、胸を躍らせたものである。

　スティーヴはアーネストの剣の師匠の後輩で、今でも交流があるらしいのだが、師匠は「あいつは殿下がお会いになるような男じゃありませんよ」と言うばかりで、けして紹介しようとはしなかった。

　ところがそのスティーヴが、ある日ふらりとアーネストの剣の稽古場に現れた。突然のヒーローの登場に、アーネストが興奮したのも当然なら、休憩時間に声をかけて、「自分の剣筋についてどう思うか」を尋ねたのもまた、当然のことといえるだろう。

　スティーヴはにっと白い歯を見せて、当たり障りのない評価とアドバイスをしたあとで、「そうだ、王太子殿下、私めと剣の手合わせをなさいませんか？　剣の上達には、色んな相手と打ち合ってみるのが一番ですからね」と提案してきた。

「もちろんハンデはお付けします。私が一歩でも動いたら殿下の勝ちといたしましょう。いかがですか？」

「おいスティーヴ、調子に乗るな。アーネスト殿下、こいつが馬鹿なことを申し上げましたが、どうかお気になさらぬように」

「僕は彼と手合わせしてみたいな。いいだろう？」

「しかし、こいつは」

「ほら、王太子殿下もこうおっしゃってるんだし、手合わせくらいいいじゃないですか。もちろん怪我をさせるような真似はいたしませんよ。私の腕は御存じでしょう？」

剣を習っている者なら誰だって、有名な達人が手合わせしてくれるといえば、心躍るものではなかろうか。アーネストは師匠の反対を押し切って、彼の提案に飛びついた。

そして予想通りにというべきか、スティーヴは鼻歌でも歌うようにアーネストを軽くあしらって、あっさりと剣を跳ね飛ばした。

「いかがですか、もう一勝負いたしますか？」

アーネストは即座に再戦に応じ、再び剣を跳ね飛ばされた。繰り返し。繰り返し。それでもアーネストのうちにあるのは高揚感と、相手の強さに対する純粋な賞賛の念だけだった。なんといっても自分はしょせん子供であり、相手は大人で達人なのだ。ハンデ付きでも負けて当然という気楽さが、彼の矜持を守っていた――相手があの、忌まわしい名を口にするまでは。

「やっぱり全然違いますねぇ。まるで相手にもなりません。クリフォード殿下とは大違いです」

スティーヴはいかにもおかしそうに笑いながら言った。

「あの方が王太子殿下のお年頃には、同じ条件で三回に一回は私が負けたものですけどね」

第一王子。クリフォード。

それは長らく忘れていた、いや忘れたいと願っていた、記憶の中の怪物だった。

師匠が今まで紹介しなかったのも道理である。スティーヴは「あっち側」の人間なのだ。アーネストはなにも気づかぬままに、自ら罠に飛び込んでしまった。スティーヴは辺境伯家とは政治的繋がりはないはずだが、剣に生きる男として、クリフォードの才能に純粋に惚れ込んでいるのだろう。

「では、もう一勝負いたしますか」

「いや、僕はもう」

「そうおっしゃらずに、さあ剣をお取りなさい。仮にも王太子殿下ともあろうお方が、そう簡単に諦めてはいけませんよ」

仮にも王太子殿下、と言ったときの口調に言い知れぬ悪意を感じたのは、おそらく気のせいではないだろう。そしてアーネストはふらふらと操られるように剣を取り、再び叩きのめされた。

スティーヴは繰り返しアーネストを挑発し、繰り返しアーネストを叩きのめした。

スティーヴに弄《もてあそ》ばれているうちに、いつの間にか二人の周囲を見物人が取り巻いていた。スティーヴと同じ騎士装束の者もいれば、そうでない者もいる。

「いかにも凡庸だな。悪くはないが凡庸だ。クリフォード殿下の天才ぶりとは比ぶべくもない」

「惜しいことだな。こちらが王太子殿下とは。資質はクリフォード殿下の方がはるかに優れておられるのにな」

「争いの種を残すべきではないと、自ら死者となることを選ぶなんて、実にご立派なお心掛けじゃないか。それに比べて弟君ときたら」

「仕方ないさ。筆頭公爵家たるウォルトンがついたのでは、陛下としてもアーネスト殿下を選ばざるを得なかったんだろう」

「女の力にすがって王太子になるなんて情けない話だ。一体どんな国王になることやら」

「おそらく一生ビアトリス嬢に頭が上がらないだろうよ」

彼らはなにを言っているのだろう。自分とビアトリスはそんな関係じゃない。ビアトリスはそんな子じゃない。なにも知らないくせに勝手なことを言うな。いい加減なことを言うな。

――それにしても、クリフォードを支持する男たちが、なぜクリフォードを毛嫌いする母と同じことを言うのだろう。

(あまり付け上がらせちゃだめよ。ちゃんと手綱を取らないとね?)

もしかして、そちらの方が正しいのだろうか?

スティーヴは存分にアーネストを叩きのめしてから、おためごかしに二、三のアドバイスを投げ与え、仲間と共に悠々とその場を立ち去った。

剣の師匠は気まずそうに、この件を私から陛下に報告しましょうかとアーネストに提案したが、アーネストはそれを断った。

報告することなどなにもない。スティーヴはアーネストの承諾のもとに手合わせを行っただけであり、なに一つ問題など起こしていない。アーネストをあの怪物と比べて挑発し、嘲ったことが罪というなら、アーネストがそれを誰よりも知られたくない相手は己の父であり、母であった。

おそらくスティーヴ本人も、そのことをよく理解した上で、ああした行動に出たのだろう。

その日はちょうど王妃教育の日に当たり、アーネストはいつもの通りビアトリスとお茶会を行った。ビアトリスは口数の少ないアーネストを当初心配していたが、アーネストが昨夜本を読みふけったので寝不足なのだと釈明すると、納得していたようだった。

そうして、それから。アーネストはビアトリスのことを愛らしいと思いつつも、その無邪気さを以前ほど素直に愛でることはできなくなっていった。

「アーネストさま、私は河川敷の整備を先にした方がいいと思いますの」

「アーネストさま、私は農村ではこちらのやり方の方が合っているように思えますわ」

ビアトリスがなにか生意気なことを言うたびに、アーネストの意見に反論するたびに、言いようのない苛立ちが、疑心暗鬼が、胸の奥でうごめいているのを感じてしまう。

（おそらく一生ビアトリス嬢に頭が上がらないだろうよ）

（あまり付け上がらせちゃだめよ。ちゃんと手綱を取らないとね？）

男の声が、母の声が、耳元で繰り返し囁きかける。アーネストはそれらに反論するように、必死で己に言い聞かせた。自分とビアトリスはそんな関係じゃないビアトリスはそんな子じゃないビアトリスはとてもいい子なんだビアトリスはなにも悪くないビアトリスは――

「……君は自分が偉いと思っているのか？」

抑え込んできた感情は、ある日ついに、堰を切ってあふれ出した。苛立ちをあらわにした低い声に、ビアトリスの菫色の目は驚愕に見開かれ、みるみる涙が溜まっていった。

(やってしまった……)

やってしまった。彼女を傷つけた。彼女に嫌われる。どうしよう。どうしたらいい?

アーネストが焦って混乱しているうちに、ビアトリスの方が行動を起こした。

「申し訳ありません！　そんなつもりはありませんでした」

ビアトリスはアーネストに対し、頭を下げて謝罪した。涙声で、何度も何度も。

泣きながら謝るビアトリスを見ているうちに、アーネストは今までの苛立ちが、嘘のように消え失せていくのを感じていた。あるべきものがあるべき場所におさまったような、なんともいえない爽快感。

それと同時に、ビアトリスに対する愛おしさが心の内から湧き上がってくる。

ああ、自分の婚約者はなんていじらしくて愛らしいのだろう。

謝る姿を存分に堪能してから「もういいよ」と声をかけると、ビアトリスはおそるおそる顔を上げ、アーネストの笑顔に心から安堵した様子で、泣き笑いのような表情を浮かべた。

アーネストの顔色をうかがうその姿は、母やあの男たちが描き出すおぞましさとはまるで無縁のものだった。

アーネストは手を伸ばしてビアトリスの髪をそっと撫でた。

滑らかなプラチナブロンドが指の間に心地いい。

可愛い可愛いビアトリス。

アーネストの大切な婚約者。

大丈夫。自分とビアトリスは絶対に彼らの言うような関係にはならない。

ビアトリスをそんな傲慢な女にはけしてさせない。

自分がちゃんと手綱を握るから。

そのためにはなにをすればいいのか、考えなくても分かるような気がしていた。


（そして今、こんなことになっているわけだ）

アーネストは長椅子に身を横たえたまま、自嘲の笑みを浮かべた。

別に体調不良ではないのだが、なんだかひどく眠くて、長椅子でまどろんでばかりいる。なにもかもが億劫で、ぼんやりとしているうちに時が過ぎる。

ときおり母が訪れてはあれこれ言ってきたりするが、まともに取り合う気になれないでいる。面会に来たウィリアムによれば、学院内での自分の立場は悲惨なことになっているらしいが、それすらもはやどうでもいい。

両親からの評価。世間一般からの評価。それらを守るためにあれだけ汲々《きゆうきゆう》となっていたというのに、今は全てが虚しく感じられる。

ただ繰り返し脳裏に浮かぶのは赤毛の男に抱かれて運ばれていく彼女の姿。

「トリシァ」

アーネストはもう面と向かって呼べなくなった愛称を小声でつぶやいた。

今にして思えば実に馬鹿馬鹿しい話だが、アーネストはまさにあの瞬間まで、ビアトリスは以前と変わらずに自分を愛しているはずだと、心のどこかで信じていた。

口づけを拒まれて動揺し、婚約解消を申し出られて茫然自失となりながらも、それでも心のどこか深いところで、あのビアトリスが本心から自分を見限るなどあり得ない、今は少しこじれているだけ、自分があまりにも冷たくしすぎたから、少しすねているだけで、こちらがきちんと優しくしてやれば、いつでもまたかつてのような睦まじい関係に戻れるはずだと、頑なにそう信じ続けていたのである。

自分がなにを言おうが、なにをやろうが、ビアトリスが本気で自分から離れていくなどあり得ない。ビアトリスはアーネストを好きで、本当に好きで、その事実は未来永劫に変わることがないのだと。

(そんなわけがないのにな……)

幼いころはそうではなかった。かつてのアーネストはビアトリスに好かれたいと願い、嫌われることを恐れていた。しかしビアトリスを邪険に扱い、ひどい目に遭わせ、それでもなお自分を慕うビアトリスに酔いしれているうちに、いつの間にやら、当たり前の感覚が麻痺してしまっていたのだろう。

踏みにじられながら愛を乞うていたビアトリスは、ついにアーネストを見限った。

歪で淀んだ関係から、ビアトリスはしとやかに抜け出した。

アーネストはそれに気づかなかった。

熱っぽい眼差しで自分を見上げていた、愛らしい少女はもういない。

なぜこんなことになったのだろう。どこで間違えてしまったのだろう。

答えが出ないまま、アーネストは再びとろとろと眠りに落ちた。


夢の中で、アーネストは幼い子供に戻っていた。

王宮のサンルームで、幼いアーネストは幼いビアトリスとテーブルを挟んで向かい合っている。アーネストは無言でビアトリスを見据え、対するビアトリスは泣いていた。泣きながら、頭を下げて謝っていた。

「申し訳ありません！　そんなつもりはありませんでした」

そしてアーネストは――

「ごめん、さっきのはただの八つ当たりなんだ。最近すごく嫌なことがあったから、イライラして君に当たってしまっただけなんだ。頼むから顔を上げてくれ」

そしてアーネストは、自分と兄との確執と、先日稽古場であったことを、洗いざらい話して聞かせた。ビアトリスは驚きの表情を浮かべて黙って耳を傾けていたが、途中から真っ赤になって怒りだした。

「なんて酷い人たちなんでしょう。なんて酷いこと言うんでしょう。そんな下品な人たちに支持されるお兄さまなんかより、アーネストさまの方が百倍も王太子にふさわしいに決まってます！」

ビアトリスはひとしきり怒りを見せてから、ふと我に返った様子になって、おずおずとアーネストに問いかけた。

「私は最近少し生意気だったでしょうか。アーネストさまに褒めていただけるのが嬉しくて、調子に乗っていたかもしれません」

「ううん、僕はトリシァの意見聞くのは好きだよ。さっきのは本当にただの八つ当たりだから、気にしないでこれからもどんどん言ってほしいな」

「ふふ、ありがとうございます。でもやっぱりちょっと控えますね。その嫌な人たちに誤解されたくないですし」

「本当に控えなくていいってば。それよりさっき君が言っていた説のことだけど――」

そして二人はたっぷりおしゃべりを楽しんでから、侍女の用意してくれたケーキを食べる。それはとびきり甘くて美味しくて、顔を見合わせて笑ってしまう。

もう二度と醒めたくないくらい、とても幸せな夢だった。

番外編

生者と死者

カイン・メリウェザーこと第一王子クリフォードは、九つにして人生における重大な選択を迫られた。すなわち生きるべきか、死ぬべきか。

そもそもの発端は九年前。第一王子として生を受けた赤ん坊が、国王とは似ても似つかぬ赤毛だったことにある。産んだ張本人である王妃アレクサンドラは産褥《さんじょく》の中で命を落とした。かけられた疑惑を知ることもなく逝ったのは本人にとっては幸いだったが、その分全ての厄介ごとは残された子供に降りかかった。

「先代王妃が赤毛の護衛騎士と通じて生まれた子でしょう？　なんて汚らわしいこと」

「素晴らしい。もうそんなことがおできになるとは。殿下はまさに神に選ばれた器です」

不貞の子。護衛騎士の子。そして神童。

王子クリフォードは物心ついたころから両極端な評価に晒されてきた。

目立つ赤毛は人々の疑惑を掻き立てずにはおれない一方、剣に学問、馬術に音楽、盤上遊戯に至るまで、ありとあらゆる面で発揮される彼のずば抜けた才能は、熱烈な崇拝者をも生み出した。

現王妃を筆頭に「あんなおぞましい子が王位に就くなんてとんでもない」という者たちがいる一方で、「あの方こそが次代の王にふさわしい、一刻も早く立太子式をやるべきだ」と主張する一派もいて、互いに対立を深めていった。

クリフォード本人は当然のことながら、己こそが次代の王にふさわしいと考えていた。疑惑についてはメリウェザー辺境伯である祖父が「下らない。腐った中央貴族ならともかく、誇り高いメリウェザーの女が夫以外に肌を許すはずがない」と一蹴してくれたし、己があの醜悪な女の息子に劣っていると思われることなどなに一つなかったからである。

実のところ、第二王子アーネストはクリフォードにとって常に軽蔑の対象だった。凡庸な弟。愚鈍な弟。いつも母親のスカートの陰に隠れている甘ったれた少年。それがクリフォードにとってのアーネストの印象の全てである。

たまに顔を合わせるとき、クリフォードはアーネストに対する感情を隠そうともせず、怯えたように目を伏せるアーネストの様子に、ますます軽蔑の念を強くした。

両陣営の対立が深まる中、国王アルバートは態度を明確にすることなく、ほどほどの距離を置いてクリフォードに接した。己の長男に対するにはよそよそしいが、不貞の子に対するには親密すぎる距離感とでも言おうか。

顔を合わせれば調子はどうかと尋ね、週に一度はチェスの対局を行った。彼は「王家に生まれなければチェスで身を立てたかった」と口にするほどこの遊戯を愛しており、幼いクリフォードに手ほどきをしたのも彼だった。勝負はいつも長引いて、次週に持ち越されることも珍しくなかった。

アルバートはクリフォードと盤を挟んで向き合いながら、「お前との勝負は手ごたえがあって面白い。アーネストはいくら教えてもまるで弱すぎてどうしようもないよ」と肩をすくめ、ときには「ほう、この手に気が付くとは。さすが私の息子だな」と目を細めたが、それでいて一向にクリフォードを王太子にしようとはしなかった。

おそらく彼自身、態度を決めかねていたのだろう。

現王妃アメリアの実家である侯爵家は古くから王家に仕える忠臣で、中央貴族の間に濃密な人間関係を築いていた。有力家系はそのほとんどが侯爵家となんらかの繋がりがあり、アメリア自身日ごろからお茶会のなんのと人脈作りに余念がない。

一方のメリウェザー辺境伯家は王家に臣従してから日が浅く、いまだ自主独立の気風がある。中央からの影響を受けにくい一方で、中央における影響力は侯爵家とは比較にならない。それでも事態が拮抗していたのは、クリフォードが第一王子であることに加え、彼自身の資質によるところが大きいだろう。

しかしその均衡が、ついに崩れるときが来た。

そのきっかけとなったのは、アーネストと公爵令嬢ビアトリス・ウォルトンの婚約である。穏健な中立派と見なされていたウォルトンがアーネストについたことで、天秤は一気に傾いた。

「女の力にすがって王太子になるとは。なんとも情けない話ではないか」

クリフォード派の人間はそう吐き捨てたが、国王が決断を下した以上、もはやどうしようもない。

　アーネストが王太子になることが決まって以来、クリフォードは父から対局に呼ばれることもなくなった。おそらく自分と顔を合わせるのが気まずいのだろう、いかにもあの父らしいことだと、クリフォードは舌打ちとともに納得した。

　そして話は冒頭へと戻る。

　生きるべきか、死ぬべきか。

　病弱な王子として離宮にこもって暮らすか。死んだものとして、別人となり新たな生を送るか。

　クリフォードに示された二つの選択肢は、「先代王妃が不貞をした」という醜聞を公にすることなく、第一王子を後継から外すために編み出された苦肉の策というわけだ。

（馬鹿馬鹿しい、そんなもの考えるまでもないだろう）

　それが当初クリフォードの示した反応だった。

　死者となれば全てはおしまいだが、病人ならば希望が残る。アーネストが死んだとき、あるいは失脚したときに、クリフォードは「健康が回復した」という名目で表舞台に返り咲くことが可能である。ゆえにクリフォードは迷わず生きることを選んだ。いや選ぶつもりだった。

　その決意を覆すきっかけになったのもまた、ビアトリス・ウォルトンだった。

一方的な出会いはほんの偶然によるものだった。クリフォードが王宮庭園の奥にある森でまどろんでいたときに、楽しげな話し声が耳に響いてきたのである。話しているのは弟のアーネストともう一人、おそらく彼と同じ年頃の少女だろう。

(ビアトリス・ウォルトンだ)

そう察しを付けたクリフォードは、足音を忍ばせ、声のする方に忍び寄った。これといった目的があるわけでもなかったが、ただ己の地位を奪った女を一目見てやりたくなったのである。

あのアメリア王妃が選んだ女だ。どうせ血筋だけが取り柄の下らない女に決まっている——クリフォードはそんなことを考えながら物陰からそっと覗き込み、そのまま目を奪われた。

ビアトリス・ウォルトンは華奢で、儚げで、月の光を集めたような淡い金髪と、菫色の瞳を持っていた。一目見た瞬間に欲しいと思い、得られない現実に絶望した。

なぜあいつばかりが、とクリフォードは思った。

なぜいつも、あいつばかりが。

そしてそのときになってようやく——本当にようやく、クリフォードは自分がどれだけアーネストを羨んでいたのか自覚したのである。

クリフォードはアーネストが羨ましかった。彼を蔑み、見下し、取るに足りない存在と決めつけなければ、己を保てないほどに。

叶うものならアーネストになりたかった。アーネストになって、当然のように母に庇護され、「本当は誰の子なのか」などと問われることもなく、存在を許されていたかった。

手に入らないものを求めることが苦しくて、アーネストの全てを下らないと踏みつけてきた。

しかしそうやって踏みつけるには、ビアトリス・ウォルトンは美しすぎた。

アーネストがビアトリスの髪についた花びらをつまみあげると、ビアトリスは恥ずかしそうに礼を言い、はにかむような微笑みを浮かべた。

光の中で顔を見合わせて笑い合う、無垢で幸福な恋人たち。そんな彼らを闇に潜んで見つめる自分は、まさに現在のクリフォードの立ち位置を象徴しているように思われた。

（俺はこの先ずっとこんな風なんだろうか）

クリフォードはそう自問した。

病弱な王子として離宮で過ごすというのは、つまりそういうことではないのか。さながら闇に潜む怪物のように、虎視眈々と弟の足を引っ張る機会をうかがい、失脚をもくろみ、死を願い、嫉妬で身を焦がしながら、この先もずっと。下手をすれば一生。

アーネストを引きずりおろさない限り、クリフォードが日の当たる場所に出ることはなく、あの菫色の瞳が彼を映すことは未来永劫ないだろう。そして引きずりおろすことに成功したら、ビアトリスはひどく傷ついて、クリフォードを見つめる表情は憎悪に歪んでいることだろう。

愛しいアーネストを害する怪物、それがビアトリスの目に映るクリフォードの姿だ。

彼らが立ち去ってからしばらくの間、クリフォードは声を殺して一人で泣いた。

そしてその翌日、死者となる決意を父親に告げ、了承された。

案の定というべきか、父の口から引き留める言葉は出なかった。その代わり「最後の思い出作り」と言わんばかりに、久しぶりの対局を提案された。

応じたクリフォードは手加減なしで駒を動かし、ものの数分で片を付けた。そして父の呆然とした表情に、ほんの少しだけ溜飲を下げた。

義母と弟には、出立前に一度だけ会う機会があった。義母は傍目にも分かるほどに上機嫌で、「まあ寂しくなるわねぇ」などという愉快なジョークを披露した。クリフォードは「母上がそこまでおっしゃるのなら、やっぱり王子でいることにしますよ」と言ってやろうかと思いつつ、ただ丁寧に別れの口上を述べた。

弟はいつも通り所在なさそうにうつむいて、クリフォードと目を合わせようとはしなかった。

改めて公平な目で眺めてみれば、アーネストはいかにも優しげな雰囲気の、美しく愛らしい少年だった。やや線が細いきらいはあるものの、そのおっとりしたたたずまいからは育ちの良さが感じられる。きっとビアトリスと支え合いながら、周囲に慕われる優しい国王になるのだろう。

クリフォードは最後に一度くらい兄らしい言葉をかけてやろうかと思ったが、ふさわしい科白が見つからなかった。まあ全てを手に入れるアーネストには今さら必要のないものだろう。

そして第一王子クリフォードは死に、辺境伯の庶子カイン・メリウェザーとして新たな生を送ることとなった。

正統なる第一王子か、汚らわしい罪の結果か。不安定な立場に振り回されてきた少年は、メリウェザーの地に来て「市井で育った辺境伯の庶子カイン」という確固たる立ち位置を手に入れた。

カインは辺境伯家の四代前の先祖の名前で、思慮深く、勇敢で、燃えるように赤い髪と瞳を持っていたという。

メリウェザーの地はなんの違和感もなく赤毛の少年を受け入れた。そして少年もまた、己の新しい名と第二の故郷を気に入った。

第二の故郷を気に入りはしたが、それでもときには義母やその取りまきたちが「ついに不貞の子を追い出してやった」と祝杯を挙げる光景を夢に見て、夜中に跳ね起きることもあった。クリフォードの名、第一王子の身分、手に入るはずだった王太子の座。己が失ったものを思い、気が狂いそうになる夜に、カインは決まってビアトリスのことを考えた。

自分が死者となることを選んだのは、ビアトリス・ウォルトンのためだ。

あの俗悪な義母に負けたのではない。弟に奪われたわけでもない。自分は無垢で美しいものを傷つけないために、進んで身を引いたのだと。自分のやったことは立派な意味のある行為なのだと。

それは欺瞞《ぎまん》に過ぎなかったが、九つの子供には欺瞞が必要なときもある。

敬虔《けいけん》な信徒がイコンに口づけするように、カインはビアトリスのことを思い出し、その面影を抱いて眠りについた。

自分が名前をなくし、身分をなくし、辺境の地で暮らすことで、幸せに笑っていられる美しい存在がある。

奪われたのではない。自ら身を引いたのだ。

胸の中でそう繰り返すたび、思い出の中の少女はますます美しく、神聖な色を帯びていった。


ときが経つうちに、カインはメリウェザーの地に馴染んでいった。辺境伯領は中央からは遠かったが、その分隣国の進んだ学問や珍しい文化が流入し、中心部は王都に劣らず活気があった。その中で充実した日々を過ごすうちに、過去を思うことも少なくなり、ビアトリスの面影にすがることも減っていった。

それでもときおり夜空の月を見上げるように、彼女のことを思い出した。

さぞや美しくなっただろう。アーネストとは変わらずに睦まじいのだろう。漠然とそんなことを考えた。二人に幸せになってほしいと願い、そう願える己を喜んだ。

祖父の城には多くの客がひっきりなしに訪れた。その中にはクリフォードのかつての崇拝者の姿もちらほら見られた。彼らは一様に再会を喜び、ひとしきり旧交を温めてから、殿下は変わられた、穏やかになられたと口にした。以前の自分がどれだけ傲慢で攻撃的な人間だったかを思い知らされて、カインは苦笑するより他になかった。

彼らの中に、自分がアーネストにやった行為を得意げに披露する者がいた。その内容は負け犬のうっぷん晴らしそのもので、カインがみっともない真似をするなと叱責すると、まるで捨てられた犬のように傷ついた様子で帰って行った。

分かっている。あの男は自分を喜ばせるためにやったのだ。

そういうことを喜ぶ人間だと思われていた自分自身にも責任はある。

とはいえ、あの程度のことでアーネストがどうかなることもないだろう、なんといってもアーネストは全てを手に入れて、幸せの絶頂なのだからと、軽く考えていた。そのときは。

やがて王立学院に上がる年になったが、カインは昔の知り合いに会うことを避け、王立学院ではなく領内にある学院に通うことを選んだ。そしてそのまま卒業して隣国の大学に進学する予定だったが、「この国の貴族社会でやっていくとき、王立学院を卒業していないことが枷になるかもしれない」と教師に言われ、最終学年だけは王立学院に通うことを決めた。

王都を離れて以来身長は数十センチも伸び、顔立ちも少年から青年のそれへと変わっている。人とあまり関わらずに過ごすなら、さほど問題はないだろうと祖父も納得してくれた。

編入した王立学院では、あのアーネストが生徒会長をやっており、その堂々とした立ち振る舞いは、離れて過ごした時間の長さを実感させた。

学院は広く、学年の違うビアトリス・ウォルトンと顔を合わせる機会はなかった。合わせたいとも思わなかった。思い出は美しいままそっとしておいた方がいい。成長したビアトリスが理想と違っていれば、自分は失望するだろう。かといって理想通りなら、きっと欲しくなるだろう。

カインは二人のことをなるべく考えないようにして、ただ淡々と日々を過ごした。

ところがある日、カインはビアトリス・ウォルトンについてとんでもない噂を耳にした。なんでも彼女はわがままで身勝手な令嬢であり、優しく品行方正な王太子殿下はそんな彼女が婚約者であることを厭い、避けているというのである。

己の記憶と違いすぎて、まるでたちの悪い冗談のようだ。王都を離れていた間に、あの少女はそこまで変わってしまったのだろうか。

しかし学院内でアーネストとすれ違った際、自分に向けられた昏い憎悪の眼差しに、カインはことの次第を理解した。おそらく変わったのは弟の方だ。ビアトリス・ウォルトンはそのとばっちりを喰っているに過ぎない。

なんとかしてやりたいと思ったが、アーネストの変容に自分が絡んでいるのなら、下手な介入はかえって事態を悪化させかねない。とはいえこのまま放置して良いものか。むろん今は少しこじれているだけで、また自然に元の関係に戻る可能性もあるが、しかし――

カインは裏庭のあずまやのところで、ふと足を止めた。

自主休講のときいつも利用しているベンチに、ほっそりとした女生徒が腰かけている。

（あれは……）

顔はこちらからよく見えないものの、月の光を集めたような淡い金髪は、彼にとっては見間違えようもないものだった。

王宮庭園の森の中で、アーネストと笑い合っていた美しい少女。しかし今は打ちひしがれて、萎れた花のように項垂れていた。

「……ビアトリス・ウォルトン公爵令嬢。君がさぼるとは意外だな」

迷った末に口にした科白は、愛想の欠片もないものだった。

女生徒はびくりと肩を震わせ、慌ててこちらを振り向いた。

そして長らく焦がれた菫色の瞳が、初めてカインの――かつてクリフォードだった青年の姿を映した。


そうして、それから。カインはその出会いをきっかけにして、ビアトリス・ウォルトンと友人になることができた。

彼女の名前を呼ぶことを許され、毎朝会って会話を楽しみ、一緒に街に出かけ、試験前には勉強を教える。暗闇に潜む怪物だったころを思えば、まさに望外の幸せといえるだろう。

とはいえそれは同時に、塗炭の苦しみでもあった。

彼女と付き合っていくうちに、カインは半ば神格化していたビアトリス・ウォルトンが、生身の女性であることを知った。生真面目で、お人好しで、どこかずれているところもあったが、全てにおいて一生懸命な愛らしい女性。猫が懐いてくれたといって喜び、好きな小説のことを楽しそうに話し、カインの話に熱心に耳を傾ける。生身の彼女を知れば知るほど惹かれていき、あのころよりもさらに激しく、欲しいと思うようになっていった——正式な婚約者のいるビアトリス・ウォルトンを。

「いっそ、さらっちまうってのはどうだ?」

そう言ったのはチャールズ・フェラーズ。ビアトリスの伝言がきっかけで話すようになった男子生徒だ。最初は遠慮のなさに辟易したが、気が付けばなんとなくつるむようになっていた。クリフォードだったころにはけして得られなかったタイプの友人である。

「簡単に言ってくれるな。彼女は王太子の婚約者だぞ」

「でも殿下は婚約者を嫌ってるんだろ?　ビアトリス嬢の方から言い出せば、すんなりと解消されるんじゃないのか?」

「いや、王太子はビアトリスに執着している」

「そうか?」

「ああ。それに——」

それに彼女もまた、アーネストに心を残しているのではないか。アーネストと復縁することこそが彼女の望む幸せではないのか。

カインの脳裏には、かつて森で目にした光景が焼き付いている。

ビアトリスを奪いたい。しかし彼女の幸せを壊す怪物にはなりたくなかった。

加えて言うなら、そもそも二人がこじれた原因がスティーヴ・スペンサーに、ひいては自分にあるのではないかという思いが、カインの手足を縛っていた。

もっともそんな風に考えていたのも、心を折られたビアトリスを目にするまでの話である。生気のない人形のような表情で、「カインさま、もういいんです」と無理やり明るい声を出すビアトリスを前に、アーネストに対する後ろめたさもはじけ飛んだ。

（こんな風に扱うのなら、俺がもらう。俺が彼女を幸せにする）

王太子の座を奪われたときですら感じなかったほどの激しい怒りの中で、カインはそう決意した。そして——


「そして未だに告白すらできていないのが現状なんだよな……」

タルト専門店の前でビアトリスたちを待ちながら、カインはひとりごちた。

チャールズには「え、お前まだ申し込んでないの？」と呆れられ、シリルには「意外です。クリフォードさまならとっくに公爵家に話を通しているかと思ってました」と驚かれたが、彼らは創立祭の晩、泣きじゃくっていたビアトリスを知らないからこそ、そんなことを言えるのだ。

――カインさま……私、アーネストさまの笑顔が好きだったんです。あのころの優しいアーネストさまのことが、本当に、大好きだったんです……。


あのとき彼女はようやくアーネストを過去の存在として決別することができたのだと思う。とはいえあれほど長い間引きずってきた初恋だ。すぐに割り切って新たな恋を始める気にもなれないだろう。婚約が解消されたところで、ビアトリスがアーネストと重ねてきた年月は消えてなくなりはしないのだ。

部外者であるカインとしては、時間をかけて、段階を踏んで、彼女の心が癒えるまで、見守っていくより他にない。そしていつか、ビアトリスがまた新たな恋を始められるようになった、そのときは――

「カインさま」

鈴を転がすような声に振り返ると、今まさにビアトリスがこちらに向かってくるところだった。

「早いですわね、カインさま」

「ああ、楽しみでつい早く着いてしまった」

「中に入って待ってらしたらよろしかったのに」

「無茶言わないでくれ。さすがにこの店に男一人で入る根性はないよ」

「あら、マーガレットのお兄さまはこの前一人で食べに行ったそうですわよ」

「あいつの場合は特別だ」

カインが苦笑しながら言うと、ビアトリスが釣られたように微笑んだ。その屈託のない微笑みに、思わず胸が熱くなる。

過去を変えることはできないが、未来はこれから作っていける。

ビアトリスが新たな恋を始めるとき、隣にいるのはこの自分だ。

カインは愛しい少女を見つめながら、固くそう心に誓った。

本書に対するご意見、ご感想をお寄せください。

あて先

〒162-8540 東京都新宿区東五軒町3-28
双葉社　Mノベルス f 編集部
「雨野六月先生」係／「雲屋ゆきお先生」係
もしくは monster@futabasha.co.jp まで

ノベルス

関係改善《かんけいかいぜん》をあきらめて距離《きょり》をおいたら、塩対応《しおたいおう》だった婚約者《こんやくしゃ》が絡《から》んでくるようになりました

2021年5月17日　第1刷発行

著　者　雨野六月《うのむつき》

発行者　島野浩二

発行所　株式会社双葉社
〒162-8540　東京都新宿区東五軒町3番28号
［電話］03-5261-4818（営業）　03-5261-4851（編集）
http://www.futabasha.co.jp/（双葉社の書籍・コミック・ムックが買えます）

印刷・製本所　三晃印刷株式会社

［電話］03-5261-4822（製作部）
ISBN 978-4-575-24392-5 C0093　